हिन्द पॉकेट बुक्स

संकल्प

हंसराज रहबर हिन्दी और उर्दू के महत्त्वपूर्ण लेखक, कवि और आलोचक थे। उनका जन्म हरिआऊ संगवां (पूर्व रियासत पटियाला) ज़िला सुनाम में हुआ। आर्य हाई स्कूल, लुधियाना से मैट्रिक करने के बाद डी.ए.वी. कालेज, लाहौर से बी.ए. का इम्तिहान पास किया। आजादी के बाद इन्होंने इतिहास में एमए किया। वे अपनी लेखनी के माध्यम से देश की आजादी की जंग लड़ रहे थे और इसी क्रम में 1942 में हिंदी रोज़ाना *मिलाप* के संपादकीय मंडल में शामिल हो गए, परन्तु कुछ महीनों बाद अंग्रेजों के खिलाफ लिखने के कारण गिरफ़्तार कर लिए गए। आजादी की जंग में भाग लेने के कारण वह कई बार जेल गए। उनके बीस उपन्यास, दस कहानी-संग्रह और समीक्षा व आलोचना की सत्रह पुस्तकें प्रकाशित हुई हैं।

संकल्प

हंसराज रहबर

हिन्द पॉकेट बुक्स

यूएसए। कनाडा। यूके। आयरलैंड। ऑस्ट्रेलिया। सिंगापुर
न्यू ज़ीलैंड। भारत। दक्षिण अफ्रीका। चीन

हिन्द पॉकेट बुक्स, पेंगुइन रैंडम हाउस ग्रुप ऑफ़ कम्पनीज़ का हिस्सा है,
जिसका पता global.penguinrandomhouse.com पर मिलेगा

पेंगुइन रैंडम हाउस इंडिया प्रा. लि.,
चौथी मंजिल, कैपिटल टावर -1, एम जी रोड,
गुड़गांव 122 002, हरियाणा, भारत

पेंगुइन
रैंडम हाउस
इंडिया

प्रथम संस्करण हिन्द पॉकेट बुक्स द्वारा 1968 में प्रकाशित
यह संस्करण हिन्द पॉकेट बुक्स में पेंगुइन रैंडम हाउस द्वारा 2022 में प्रकाशित

10 9 8 7 6 5 4 3 2

इस पुस्तक में व्यक्त विचार लेखक के अपने हैं, जिनका यथासंभव तथ्यात्मक
सत्यापन किया गया है, और इस संबंध में प्रकाशक एवं सहयोगी
प्रकाशक किसी भी रूप में उत्तरदायी नहीं हैं।

ISBN 9789353493639

मुद्रकः रेप्रो इंडिया लिमिटेड

www.penguin.co.in

This is a legitimate digitally printed version of the book and therefore might not
have certain extra finishing on the cover.

बहुत दिन की बात है कि एक लोककथा की नायिका ने पिता के यह पूछने पर कि तुम किसकी किस्मत का खाओगी, उत्तर दिया, "मैं अपनी किस्मत का खाऊंगी।" दम्भी पिता ने अपनी दो लड़कियों के लिए तो अच्छे वर ढूंढे और उनका विवाह बड़ी धूमधाम से किया क्योंकि उन्होंने कहा था कि "हम आपकी किस्मत का खाएंगी," लेकिन उस साहसी और गर्वीली लड़की का विवाह एक कंगले और अपाहिज से कर दिया और बिना किसी दहेज के घर से विदा कर दिया। लड़की के माथे पर शिकन तक नहीं आई। अपने अपाहिज पति को टोकरे में बिठाकर और उसे सिर पर उठाकर मुस्कराते हुए वह चल पड़ी। अब हुआ यह कि उसका अपाहिज पति सहसा एक तालाब में नहाकर, चंगा-भला हो गया और उन्हें पेड़ के नीचे दबा हुआ गुप्त धन भी मिल गया। यों पति और पत्नी सुखी और समृद्ध जीवन बिताने लगे।

सविता ने यह कहानी अपनी दादी से सुनी थी। उस समय वह अबोध बालिका थी और कहानी का अर्थ समझने में असमर्थ थी। लेकिन जैसे-जैसे उम्र बढ़ती गई, समझ बढ़ती गई, बचपन की सुनी हुई यह कहानी अर्थपूर्ण होती गई। जब कहानी याद आती तो कहानी के पात्र सदेह उसकी नज़रों में उभर आते। तह किसीको पसंद और किसीको नापसन्द करती और उनके माध्यम से दूर-दूर बहत दूर अतीत में झांककर देखती।

उसे यह कहानी अक्सर याद आती थी और न जाने क्यों दूसरी कहानियों से अधिक अच्छी लगती थी। वह अकेलीं बैठी उस साहसी और गर्वीली लड़की के बारे में सोचा करती जिसने बाप की किस्मत को अपनी किस्मत मानने से साफ इन्कार कर दिया था। वह सोचने लगती

तो सोचती ही रहती। इस सोच में उसे एक अद्‌भुत आनन्द और आह्लाद का आभास होता और धीरे-धीरे उसकी यह आदत बन गई कि अब वह इस कहानी को याद करने, इसे मन ही मन दोहराने और उस लड़की के बारे में सोचने के लिए ही एकान्त ढूंढा करती।

कहानी याद आती रही, मस्तिष्क में चित्र बनते रहे और कहानी की नायिका से उसका स्नेह और अनुराग बढ़ता रहा।

अब जबकि वह अठारह वर्ष की नवयौवना रमणी है, कहानी का अर्थ और भी स्पष्ट हो गया है। इस बात में उसे तनिक भी संदेह नहीं है कि तालाब और उसका पानी तो प्रतीक मात्र हैं, वरना अपाहिज और कंगले पति को नारी के प्रेम ने ही स्वस्थ और समृद्ध बनाया है। उस गर्वीली लड़की को अपने-आप पर और प्रेम की इस अलौकिक शक्ति पर विश्वास था, इसलिए वह ज़रा भी नहीं घबराई है और अपाहिज पति को लेकर खुशी-खुशी चल पड़ी है।

सविता देखती है कि लड़की ने अपाहिज पति को सिर पर उठा रखा है और वह जंगल की ओर जा रही है। उसका पांव ज़रा भी नहीं लड़खड़ाता, कदम शान से उठ रहा है और वह मुस्करा रही है। यह मुस्कान अत्यन्त आकर्षक है क्योंकि यह उस अद्‌भुत लड़की के साहस, धैर्य और स्वाभिमान की सूचक है।

फिर इस साहसी और गर्वीली लड़की को अपाहिज से ब्याह देने वाला पिता सामने आता है। उसकी आंखें क्रोध से लाल हैं और वह दम्भी और क्रूर जान पड़ता है। सविता उसे देखते ही चिढ़ जाती है और सोचती है कि इस व्यक्ति का हृदय सत्य और स्नेह से रिक्त है। जब मनुष्य का हृदय न्याय और स्नेह से रिक्त हो तो उसमें और पशु में कोई विशेष अन्तर नहीं रह जाता। दम्भ और अहंकार ने उस व्यक्ति को बर्बर बना दिया है।

कहानी का रचयिता कौन है, यह तो मालूम नहीं, और आगे भी मालूम नहीं होगा। लेकिन कहानी सुनाने वाली दादी का चित्र सविता के मस्तिष्क में उभर आता है। सिर के बाल सन की तरह सफेद हैं, चेहरे पर

झुर्रियां पड़ गई हैं, दांत झड़ चुके हैं और कहानी सुनाते समय उसकी भवें, जो अब भी स्याह हैं, विशेष ढंग से हिल रही हैं। सुनाने वाले का कहानी और कहानी के पात्रों से घनिष्ठ सम्बन्ध होता है। उसके शब्द, स्वर और व्यक्तित्व श्रोता को प्रभावित करते हैं। जब कहानी याद आती है तो उसका रचयिता अथवा सुनाने वाला भी अनायास स्मरण हो आता है। दादी की याद आते ही सविता को बचपन की बहुत-सी बातें स्मरण हो आती हैं—सविता एक नन्ही-मुन्नी मासूम बच्ची थी। दादी उसे गोद में लिए आंगन में बैठी है। वह 'गूं-गूं' करती तो दादी खिल उठती है और प्यार से उसका मुंह चूम लेती है। फिर दादी उसे अंगुली पकड़कर पांव पर चलना सिखाती है ; हर कदम को ध्यान से देखती है। जब नन्हा पांव लड़खड़ाने के बजाय धरती पर जमकर पड़ता है तो दादी की आंखें आनन्द और उल्लास से चमक उठती हैं और वह सहसा बच्ची का हाथ छोड़कर कह उठती है, "ताली, ताली। ताली भई ताली।" सविता सचमुच ताली बजाती है और प्रसन्नता में भरकर एक, दो, तीन जाने कितने कदम आगे बढ़ जाती है।

अब वह कुछ बड़ी हो गई है और दादी कहानी कहना शुरू करती है। उसकी बोली, उसका स्वर मां के दूध के सदृश मीठा और स्वादिष्ट है और सविता को अपने रक्त में और अपनी आत्मा में रच गया महसूस होता है। लेकिन जैसे ही बेटियों पर अपनी किस्मत ठोंसने वाले बर्बर पिता का ज़िक्र आता है दादी का यह स्वर अनजाने ही कटु और कठोर हो जाता है। और उसका श्वेत सिर आप ही आप हिलने लगता है। सविता चौंक पड़ती है और जब गहराई में जाकर सोचती है तो उसे लगता है कि इस बाप कहलाने वाले व्यक्ति ने दादी के गर्वीले और कोमल व्यक्तित्व को मुट्ठी में भींच रखा है और वह उसे निर्दयता से कुचल देना चाहता है···

सविता के मन में टीस-सी उठती है और दादी का एक नया रूप मस्तिष्क में उभर आता है। यह रूप कहानी की उस लड़की से मिलता-जुलता है जिसे निष्ठुर पिता ने एक कंगले और अपाहिज व्यक्ति से

ब्याह दिया था। लेकिन लड़की प्रसन्न थी। उसने सब-कुछ खोकर भी अपने स्वाभिमान और अधिकार की रक्षा की थी और अपने इसी अपाहिज पति को तप और प्रेम से स्वस्थ और समृद्ध बनाने का संकल्प धारण किया था। इस बहादुर और गर्वीली लड़की ने—उसकी दादी ने, सिर्फ उसी समय नहीं उसके बाद भी अपने इस प्रण को निबाहा है, अपने सुख और आराम को त्याग दिया है, परन्तु अपनी स्वच्छन्दता और स्वाधीनता के संघर्ष को जारी रखा है। और अब उसे—अपनी पोती को—यह कहानी सुनाकर वसीयत की है कि तुम भी मेरे बाद इस संघर्ष को जारी रखना, साहस मत हारना· · ·

कहानी याद आती है तो यह वसीयत याद आती है। दादी के झुर्रियोंभरे चेहरे पर एक दृढ़ निश्चय अंकित होता है। उसकी गहरी काली भवें हिलती हैं। और उसके मधुर और कोमल स्वर में ये शब्द सुनाई देते हैं—'ऐ मेरी नन्ही गुड़िया! तुम एक नारी हो। तुम्हारे प्रेम में वह शक्ति है जो अपाहिज को भी स्वस्थ बना देती है। स्वाधीनता में प्रेम-पुष्प विकसित होता है और दासता में मुरझा जाता है। यही जीवन-मंत्र है। इसे भूलना नहीं।'

सविता यदि भूलना चाहे भी तो नहीं भूल सकती। जीवन में नित्य ऐसी घटनाएं घटित होती हैं जो उसके नारी-सुलभ गौरव को आहत कर देती हैं, उसे झंझोड़कर जगा देती हैं। जब कभी उसकी किसी सखी का ब्याह होता है तो ब्याह से पहले एक अजनबी और परदेशी—बिलकुल अपरिचित व्यक्ति उसे देखने आता है। देखने-भालने के बाद लड़की अगर उसे पसन्द आ जाए तो ब्याह ले जाने की हामी भरता है। उस समय सविता को अनायास यह कहानी याद आती है, दादी की वसीयत याद आ जाती है और वह सोचने लगती है, 'आखिर पुरुष को स्त्री पर अपनी किस्मत ठोंसने का यह अधिकार क्यों प्राप्त है? क्या लड़की सिर्फ दिखाने और पसन्द करने की ही चीज़ है? स्वयं उसे क्यों अपने भावी पति को देखने और पसन्द-नापसन्द करने का अधिकार प्राप्त नहीं है?'

फिर वह यह भी जानती है कि दूल्हे की पसन्द दुल्हन के गुणों

पर कम, दहेज में मिलने वाले धन पर अधिक निर्भर करती है। गोया ब्याह में दुल्हन तो यों ही एक गौण वस्तु है, असल महत्त्व तो धन को प्राप्त है। यह सब सोचकर सविता के नारीत्व को ठेस लगती है और उसके मन में विद्रोह का तूफान-सा उठ खड़ा होता है।

विद्रोह के इन क्षणों में कहानी की नायिका और दादी की मूर्ति मस्तिष्क में उभर आतीं और वे उसे बहुत ही विचित्र जान पड़तीं। वह मन ही मन इस वैचित्र्य की पूजा करती। वैचित्र्य अनजाने ही उसका स्व-भाव बनता गया और उसकी इस विद्रोह-भावना का पोषण करता रहा।

आखिर इसी विद्रोह और वैचित्र्य के कारण एक सामान्य घटना ने उसके जीवन की धारा को बदल दिया।

कमलेश उसकी बचपन की सखी थी। दोनों एक साथ खेलीं, एक साथ पढ़ने लगीं और बड़ी होकर एक साथ मेल-ठेलों में जाना शूरू किया। उनकी समान आयु की ही तरह उनके विचारों, भावनाओं और हसरतों और उमंगों में भी सादृश्य था। ब्याह के विषय में कमलेश सविता से सहमत थी और बड़े गर्व से कहा करती, "माता-पिता की और सब बातें मानूंगी, लेकिन जीवन-साथी अपनी मर्ज़ी का चुनूंगी।"

मगर एक दिन कमलेश का ब्याह भी पुराने ढंग से तय हो गया और उससे तनिक भी विरोध करते न बन पड़ा। मां-बाप ने अच्छे कुल का अच्छी आमदनी वाला लड़का तलाश किया था और अपनी कुल-प्रतिष्ठा और बेटी के आराम के लिए मुंहमांगा दहेज भी देना स्वीकार कर लिया था; ब्याह होना निश्चित हो गया था।

कमलेश दुविधा में पड़ी थी। माता-पिता ने सामर्थ्य से बढ़कर त्याग किया था। वर जो ढूंढा था, वह एक सफल वकील का बेटा था। खुद भी वकील था और अभी से अच्छी आमदनी का मालिक था। पैसा बाप ने इतना कमाया था कि बेटा चाहे कुछ भी न कमाए तो चिंता न थी, दहेज पचीस-तीस हज़ार से कम क्या होगा? माता-पिता के इस त्याग का क्या कुछ भी महत्त्व नहीं है? क्या वह अपनी मर्ज़ी से इससे भी अच्छा वर ढूंढ लेगी?

सोचते-सोचते वह हठात् रुक जाती। मन टोकता, 'अपनी मर्ज़ी, फिर अपनी मर्ज़ी है। मनुष्य धन-जायदाद से तो तोला नहीं जाता ; उसे परखने की और बातें भी होती हैं। वर जो मिला है उसके गुण-स्वभाव से तो तुम परिचित नहीं हो।'

अनेक संकल्प-विकल्प मन में उठते और वह कोई निर्णय न कर पाती। कई बार अन्तर्द्वन्द्व इतना बढ़ जाता कि वह अपने-आपसे खीज उठती। जी में आता कि घर से उठकर भागे और किसीके आगे अपना दुखड़ा रोए। एक सविता ही तो थी, जिससे वह अपने हृदय की बात कह सकती थी। लेकिन इस विषय में उससे भी किसी प्रकार की सहानुभूति मिलने की आशा न थी। इसलिए वह अपने-आपमें सीमित रहती थी।

कल दोपहर ढले वह बरामदे में बैठी थी और अपने-आपमें डूबी विचारों का ताना-बाना बुन रही थी कि सहसा सविता आ गई और आते ही बोली :

"बहन, बधाई हो। तुम्हें तुम्हारा दूल्हा मुबारक!"

कमलेश ने सखी की ओर देखने के बजाय निगाहें झुका लीं और अनमनी-सी आंचल का एक सिरा अंगुली पर लपेटने लगी। ऊपर से भले ही शान्त थी, पर हृदय में तूफान उठ रहा था। कुछ क्षण मौन के बीते और अन्त में बोली :

"सच बताओ सविता, क्या तुम मुझे वाकई बधाई दे रही हो या मेरा मज़ाक उड़ा रही हो?"

"यह अपने मन से पूछो।" सविता ने अपनी बड़ी-बड़ी आंखों में चंचलता भरकर कहा, "वह जो फैसला कर दे, ठीक है।"

'बहन, मन को इतना अधिकार मैं दे नहीं पाई; इच्छा रहते हुए भी नहीं दे पाई क्योंकि इस दुनिया में सभी बातें मन के अनुकूल नहीं होतीं। हमें कुछ रीति-रिवाज का और कुछ माता-पिता का लिहाज़ भी रखना पड़ता है।"

"फिर तुम बधाई खुशी से स्वीकार करो।"

"मैं तो खुशी से स्वीकार कर लूं, पर तुम खुशी से दे नहीं रहीं।"

"यह तुमसे किसने कहा?"

"तुम्हारे मन ने।"

"बहत खूब!" सविता मुस्कराई, "यह आज ही मालूम हुआ कि जो व्यक्ति अपने मन को भुला दे, वह दूसरों के मन को समझने लगता है, इस विद्या में निपुण हो जाता है।"

एक क्षण मौन का बीता। फागुन का महीना था। तेज़ हवा चल रही थी और धूल उड़ रही थी।

"अगर यह बात है," सविता फिर बोली, "तब तो तुमने अपने होने वाले दूल्हा के मन को भी बूझ लिया होगा। बताओ तो बहन, वह तुम्हें देखकर अपने मन में क्या सोच रहे थे?"

कमलेश इस बार भी कुछ नहीं बोली। कनखियों से एक बार सखी की ओर देखा और फिर गर्दन दूसरी ओर घुमा ली।

"मेरी राधारानी, इस प्रकार रूठा नहीं करते।" सविता ने उसकी ठुड्डी पकड़ते हुए कहा, "तुम्हें तुम्हारे कृष्णकन्हैया मिले हैं, खुशी से नाचो-गाओ। वे दूल्हा बनेंगे, तुम दुल्हन बनोगी; हाथों में मेंहदी रचाओगी और पहन-ओढ़कर ससुराल जाओगी···"

"और तुम?" कमलेश ने एकदम पलटकर तीखे स्वर में पूछा।

"हम!" सविता हंसी और उसी चंचल भाव से बोली, "हम गीत गाएंगी, मंगल मनाएंगी। मिठाई खाने को मिलेगी। और तुम्हारे कृष्ण-कन्हैया को छेड़कर कहेंगी—जीजा जी का चेहरा क्या है तले हुए पूड़े की तरह मीठा और सलोना है। नाक कैसी तीखी और सुन्दर है, इसमें हमारी बहन नकेल डालेगी और अपनी मर्ज़ी से उठाए-बैठाएगी। हां बहन, कहे देती हूं, नकेल तुम ज़रूर डालना। वरना ये मर्द ऐसे होते हैं कि तुम ज़रा भी चूकीं तो ये तुम्हें बंदरिया बनाकर नचाएंगे···"

कमलेश के सन्तप्त हृदय को सहानुभूति का मरहम दरकार था, लेकिन जब उसपर व्यंग्य का तेज़ाब पड़ा तो वह तड़प उठी और उमड़े हुए आंसू पीकर बोली :

"सविता! क्या तुम जयदेव से प्रेम करती हो?"

सविता सखी के मुंह से यह प्रश्न सुनकर स्तब्ध रह गई। एक मिनट हतबुद्धि-सी सोचती रही और फिर स्पष्ट और दृढ़ स्वर में बोली, "हां, मैं प्रेम करती हूं।"

"उससे ब्याह करोगी?"

"हां, करूंगी।"

कमलेश चेती। उसे अब महसूस हुआ कि मैं क्रोध और प्रतिकार में भरकर सख़ी के साथ अन्याय कर रही हूं। मगर उसकी शान्त और गम्भीर मुद्रा देखकर फिर बोली :

"अगर मां-बाप न मानें तो?"

उसी समय भीतर से भाभी ने आवाज़ दी और वह उठकर भागी, जैसे अपने प्रश्न से वह खुद ही डर गई हो और कदाचित् उसका उत्तर सुनना न चाहती हो।

सविता अकेली बैठी रह गई। हवा पहले से कुछ तेज़ हो गई थी। खूब धूल उड़ रही थी। वातावरण धुंधला-धुंधला और गर्द-गुबार से घुटा हुआ था। कमलेश का प्रश्न कानों में गूंज रहा था और वह बाहर झांक रही थी, मगर गर्द-गुबार और धुंधलाहट के कारण कुछ दिखाई न देता था।

सूरज छिपा हीं चाहता था। पाक में नित्य की भांति चहल-पहल थी। हरी-हरी कोमल घास पर मेला-सा लगा हुआ था। स्त्री, पुरुष और बच्चों की भीड़-भाड़ थी। कुछ टहल रहे थे, कुछ बातों में व्यस्त थे और बच्चे खेल में इतने मस्त थे कि उन्हें खौंचे वालों की चटपटी बोलियां भी चौंका नहीं रही थीं। क्यारियों में लाल, पीले, नीले फूल खिले थे जो दिन भर हवा और धूप से तृप्त होकर मुस्करा रहे थे और अत्यन्त सुन्दर और आकर्षक जान पड़ते थे। सविता एक क्यारी के समीप बैंच पर अकेली बैठी थी। उसे न लोगों से दिलचस्पी थी और न फूलों से।

खौंचे वालों की आवाजें और बच्चों की किलकारियां भी उसके कानों में न पड़ रही थीं। वह एकमात्र अपने-आपमें खोई हुई थी और उसकी दृष्टि दूर खड़े पीपल के एक पेड़ पर जमकर रह गई थी। पेड़ के पत्ते झड़ गए थे, टहनियां नंगी और शुष्क थीं। हां, कहीं-कहीं कुछ नई कोंपले अवश्य फूट आई थीं, जिन्होंने इन शुष्क टहनियों की सूखी गोद को नवजीवन के माधुर्य और आकर्षण से भर दिया था। डूबते हुए सूर्य की किरणे कोंपलों को गुदगुदा रही थीं और वे निरीह बालकों के सदृश मुस्करा उठी थीं।

सविता बराबर इस पेड़ की ओर देख रही थी। उसकी दृष्टि स्थिर थी। वह मन में कुछ सोच रही है, यह कहना कठिन था। वैसे देखने में भी तो सोचने की क्रिया शामिल रहती है। देखने से सोच उत्पन्न होता है। उसकी ठोस और गम्भीर मुखमुद्रा से यह भाव व्यक्त होता था कि वह चिरकाल से किसी गहरे सोच में तल्लीन है और उसकी दृष्टि जो पीपल की नंगी टहनियों और नई कोंपलों पर जमी हुई है, इसी गहरी सोच से उत्पन्न हुई है।

'तुम जयदेव से प्रेम करती हो?'

'हां, मैं उससे प्रेम करती हूं।'

उसने कई बार अपने-आपसे यह सवाल पूछा और कई बार खुद ही यह जवाब दिया। वह सवाल और जवाब में उलझकर रह गई। जितना-जितना सोचती थी, उलझन उतनी ही बढ़ती थी। यह उसके जीवन की एक जटिल समस्या थी और वह इसी समस्या पर विचार करती हुई इधर चली आई थी। बैंच पर बैठते हुए उसके मन ने सखी का यह प्रश्न फिर दोहराया था। और उसने ऊंचे और दृढ़ स्वर में उत्तर दिया था, 'हां, मैं उससे प्रेम करती हूं।'

फिर उसकी दृष्टि उस पेड़ पर जम गई, और तब से अब तक बराबर जमी हुई थी।

कमलेश ने एक ऐसी बात कही थी जिसके सत्य होने में खुद उसे भी सन्देह था। सविता को इस बात का रंज था कि कमलेश ने सब कुछ

समझते-बूझते हुए भी एक निराधार बात कही। जब अपने प्रियजन कोई ऐसी बात कहें जो एकदम निराधार हो और जिसकी उनसे कोई आशा न हो तो मन में दरार पड़ जाती है। कमलेश की बात सुनकर सविता के मन में भी दरार पड़ गई थी। जितना वह सोचती थी, उतनी ही यह दरार बढ़ती और फैलती जा रही थी। जब वह यहां आकर बैठी तो उसे अपने भीतर शून्य-शून्य, असीम शून्य का आभास हो रहा था। वह इन नंगी टहनियों और नई कोंपलों को यों देख रही थी जैसे देखने मात्र से ही यह शून्य भर जाएगा। शुष्कता और सुकोमलता का यह अद्भुत दृश्य—प्रकृति का विचित्र विरोध—उसकी आत्मा को स्वास्थ्य और शक्ति प्रदान कर रहा था।

वह बैठी देखती रही और फिर धीरे-धीरे सोचने लगी :

पिछले साल की बात है, वह और कमलेश बैशाखी का मेला देखने जमुना पर गई थीं। एक हिंडोले के समीप खड़ी वे लड़के और लड़कियों को झूलते देख रही थीं। और उनके कहकहे सुन रही थीं और दूसरे 'पूर' में खुद भी झूलना चाहती थीं। सहसा एक अपरिचित नौजवान, जिसकी कमीज़ के बटन गायब थे और बाल कुछ बिखरे हुए थे, उनके पास आकर रुका और एक मधुर मुस्कान होंठों पर लाकर बोला :

"नमस्ते।"

"नमस्ते।" सविता ने निस्संकोच उत्तर दिया और फिर पूछा, "कहो, क्या बात है?"

"माफ कीजिएगा। मैंने आपको जान-पहचान की कोई और···"

एक क्षण पहले नौजवान के होंठों पर जो मधुर मुस्कान उत्पन्न हुई थी वह गायब हो गई और वह हतबुद्धि-सा इधर-उधर देखने लगा।

"घबराते क्यों हो?" इस बार सविता मुस्कराई, "अगर हम वे नहीं जिन्हें तुम खोज रहे हो तो कोई हर्ज़ नहीं। जान-पहचान की ही तो बात है, वह अब हो जाएगी।"

नौजवान खिल उठा। उसके होंठों पर मुस्कराहट फिर लौट आई और वह कौतूहल और उत्सुकता में भरकर सविता की ओर देखने लगा।

हिंडोला अब पूरी तेज़ी के साथ घूम रहा था। झूलने वाले जोश में भरकर चिल्ला रहे थे और हिंडोले के साथ-साथ ऊपर-नीचे और नीचे-ऊपर जाते हुए अपनी भावनाओं में कुछ अजीब उथल-पुथल-सी महसूस कर रहे थे।

"तुम्हारा नाम क्या?"

"जयदेव।"

"और मेरा नाम सविता है।"

जयदेव ने मुस्कराते हुए हाथ जोड़ दिए।

हिंडोला रुक गया। पहले लोग उतर रहे थे और नये सवार हो रहे थे।

"हिंडोला झूलते हो?" सविता ने जयदेव से पूछा।

"क्यों नहीं! अवश्य झूलूंगा।" उसने उत्तर दिया और उचक-कर उनके साथ हिंडोले में बैठ गया।

हिंडोला पहले की भांति पूरे वेग से घूमने लगा, तो जयदेव उल्लास और जोश में भरकर चिल्ला उठा, "हल्ला बेलिया! हल्ला बेलिया!"[1] कमीज़ के बटन नहीं थे, इसलिए गला एक पिन लगाकर बन्द कर रखा था, जो अब छाती का कसाव पड़ने से निकल गया और जयदेव तीव्र गति से ऊपर-नीचे भागते हुए हिंडोले में खड़ा यों लग रहा था जैसे परियों की कहानी का कोई गरीब और मासूम नायक सीना ताने किसी कठिन अभि-यान पर जा रहा हो, हवा की रफ्तार से मंज़िल की ओर बढ़ रहा हो।

"फिर कब मिलोगे?"

—हिंडोले से उतरने के बाद सविता ने जयदेव से पूछा।

"जब तुम कहो।" उसने उत्तर दिया और दांतों से अंगुली का नाखून काटने लगा।

और तीसरे दिन शाम को जब सविता और कमलेश पार्क में सैर

---

1. एक पंजाबी लोकगीत का अंश, जिसका अर्थ है—'ओ मित्र, अरे ओ मित्र!'

के लिए आईं तो जयदेव पहले से ही दरवाज़े पर खड़ा उनका इन्तज़ार कर रहा था।

"अच्छा, तुम आ गए?"

"जी हां!"

"क्यों?"

"तुमसे मिलने।"

"तो ये रंग-ढंग हैं जनाब के!" सविता ने कुछ चिढ़कर और कृत्रिम क्रोध चेहरे पर लाकर कहा।

"बुलाया था तो आ गया। बुरा मानो तो चला जाऊं।" उसने विनम्र स्वर में कहा।

सविता खिलखिलाकर हंस पड़ी और फिर बोली, "चलो, घूमें।"

पार्क के दक्षिणी भाग में एक नहर-सी बनी हुई थी, जिसमें फव्वारे चल रहे थे। नहर का पानी रिस-रिसकर एक तालाबनुमा हौज़ में गिर रहा था। इस हौज़ में कमल के दो फूल बिलकुल ताज़ा खिले थे। बेलें पानी में फैली हुई थीं, लेकिन दो डंठल पानी की सतह से यों ऊपर उठ गए थे जैसे कोई रमणी लेटे-लेटे अपनी कोमल गर्दन ऊपर उठा ये ये फूल उसकी यौवन से मतवाली आंखों के सदृश सुन्दर जान पड़ रहे थे। इन तीनों के अतिरिक्त और लोग भी वहां खड़े थे और इस दृश्य का आनन्द ले रहे थे। "ये फूल कितने सुन्दर हैं!" जयदेव ने बालसुलभ निरीह भाव से बिलकुल साधारण बात कही।

"वाकई बहुत सुन्दर हैं!" सविता ने आंखों में कौतूहल भरकर उसकी बात का समर्थन किया।

वे काफी देर घूमते रहे और सैर करते रहे। पार्क में और भी कई चीज़ें देखने और सराहने योग्य थीं। जयदेव ने उनके बारे में भी ऐसी ही साधारण-सी बातें कीं और सविता ने यों समर्थन किया जैसे वह किसी रहस्य का उद्‌घाटन कर रहा हो।

इसके दस-पन्द्रह दिन बाद दोनों सखियां 'बैजू बावरा' फिल्म देखने गई तो सिनेमाघर के बाहर जयदेव से अचानक भेट हो गई। वे दोनों

साथ-साथ बैठे। सविता और कमलेश फिल्म बड़े ध्यान से देख रही थीं। लेकिन कभी-कभी कनखियों से जयदेव की ओर भी देख लेती थीं। वह फिल्म से बहुत ही प्रभावित था और बैजू बावरा के गाने सुन-सुनकर झूम रहा था तथा प्रेम के दृश्यों से आनन्द-विभोर होकर अपनी जगह पर उछलने लगा था। अन्त में जब नायक ने अपनी प्रेयसी से मिलने के लिए नदी में डूबकर प्राण दे दिए तो वह एकदम शांत और स्थिर हो गया। हीरो की इस ट्रेजेडी ने उसे गंभीर बना दिया।

"अच्छी फिल्म है।"

"हां, अच्छी फिल्म है।" सविता ने समर्थन किया।

जयदेव ने कृतज्ञता में भरकर उसकी ओर देखा और फिर हाथ जोड़कर नमस्ते की और दोनों सखियों से विदा चाही।

"इसे भी तो साथ लेते जाओ।" कमलेश ने सविता को तनिक आगे धकेलकर चंचल भाव से कहा।

"कहां?"

"जहां तुम जाओगे, इसे भी वहीं जाना है।"

"मैं तो हौज़ काज़ी रहता हूं।"

"और हम प्रेमनगर में रहते हैं।"

—सविता ने कहा और खिलखिलाकर हंस पड़ी।

"अच्छा, फिर मिलेंगे।" जयदेव ने कहा और नमस्ते करके अपनी राह चल पड़ा।

"बेचारा बैजू बावरा!" उसे जाते देख कमलेश ने व्यंग्य किया।

सविता मुस्कराई और तनिक रुककर बोली, "लेकिन बैजू बावरा तो संगीतकार था।"

"यह भी संगीतकार है और इसका संगीत इसके हृदय में निहित है।" कमलेश ने बात आगे बढ़ाई।

सविता को ये मुलाकातें और बातें एक-एक करके याद आ रही थीं और वह उनपर विचार कर रही थी। धीरे-धीरे जयदेव का एक स्पष्ट और उज्ज्वल चित्र उसके मस्तिष्क में उभर आया।

वह एक सरल स्वभाव का व्यक्ति था। तीखी नाक, छोटी-छोटी आंखें और माथा झुका हुआ सा, रंग गोरा न काला, कद साधारण, लिबास साधारण, और बात करने का ढंग भी साधारण। लेकिन इस साधारणता में भी कुछ न कुछ असाधारणता अवश्य थी जो एक मधुर और मोहक मुस्कान के रूप में समय-असमय उसके होंठों पर अनायास प्रकट हो जाती थी। शायद यह मुस्कान ही वह संगीत था जो उसके हृदय में निहित था। अगर कोई दूसरा व्यक्ति उसके निकट आए और उसकी हृत्तन्त्री को छेड़ दे तो अवश्य यह संगीत फूट निकले और वह दुनिया को अपनी मधुर लय से मुखरित कर दे।

सोचने की क्रिया तेज़ होती गई, दिनों का फासला क्षणों में तय हो गया। लेकिन यहां पहुंचकर सविता एकदम रुक गई और कुछ देर अचल और स्थिर बैठी पीपल के पेड़ की ओर ताकती रही। मगर अब सूरज छिप चुका था और अंधेरा फैल रहा था। भीड़ छंट चुकी थी। कोई इक्का-दुक्का आदमी इधर-उधर टहल रहा था। वातावरण निस्तब्ध और गम्भीर हो चला था।

सविता को लगा कि उसकी विलक्षण प्रकृति ने विचित्र स्थिति को जन्म दिया है। जिस प्रकार रेशम का कीड़ा अपने भीतर से रेशम के तार निकालता है और फिर आप ही आप उनमें उलझ जाता है, उसी प्रकार वह भी इस विचित्र स्थिति में उलझ गई है। वह जो नाटक मनोरंजन के लिए खेलती रही है, उसे अब गंभीरता से खेलना होगा। जयदेव मेले में जान-पहचान की जिस स्त्री को खोज रहा था, वह शायद क़ल्पनामात्र थी, उसका कोई अस्तित्व ही न था, मगर ...

फिर एक धक्का-सा लगा और वह रुक गई। वह न कुछ सोच रही थी और न सामने कुछ दिखाई देता था, क्योंकि नंगी शुष्क टहनियों और नवजात कोंपलों को अन्धकार के गहरे आवरण ने ढांप लिया था।

'हां, मैं ही वह स्त्री हूं।'

रात की निस्तब्धता में, जो क्षण-क्षण गहरी होती जा रही थी, सविता के ये शब्द गूंज उठे।

'क्या सचमुच मैं ही वह स्त्री हूं?' उसने अपने मन से पूछा—'क्या मुझे ही उसकी हृत्तन्त्री को छेड़ना और उसके अपूर्ण व्यक्तित्व को पूर्ण बनाना होगा?'

पार्क में सन्नाटा था। जहां-तहां बिजली की कुछ बत्तियां जल गई थीं, वरना अंधेरा भयानक रूप धारण कर लेता। सविता शांत और अचल बैठी अपने इस प्रश्न पर विचार कर रही थी। विचार क्या कर रही थी, उसे वायुमंडल में प्रतिध्वनित होते सुन रही थी।

जाने क्यों ठीक उसी समय उसे अपनी बूढ़ी दादी स्मरण हो आई और कहानी की वह नायिका स्मरण हो आई जिसने अपने यत्न और प्रेम से एक अपाहिज को स्वस्थ और समृद्ध व्यक्ति बना दिया था।

विचार एकदम नया और अछूता था। सविता मुस्कराई। एक नई कहानी की नायिका बनने का मोह उसके युवा हृदय को गुदगुदाने लगा।

'तुम जयदेव से प्रेम करती हो?'

'हां, मैं उसे प्रेम करती हूं।'

उसने थोड़ी देर स्थिर रहकर सोचा :

कई बार मनुष्य अपने ही मन की बात समझने में असमर्थ रहता है। और जब कोई दूसरा सुझा दे तो झुंझला उठता है। उसका मन अकारण ही क्रोध और क्षोभ से भर जाता है। लेकिन जब स्थिति का विश्लेषण करके वह अपने मन को समझ लेता है तो उसे अपनी भूल मालूम होती है और झुंझलाहट मिट जाती है।

'तब······तब!'

सविता यों बड़बड़ाई जैसे वह गहरी नींद से जगी हो। कमलेश की जिस बात से उसके मन में दरार पड़ गई थी वह सुखकर मालूम होने लगी और उसका हृदय एक विचित्र और असाधारण उल्लास से भर गया।

अंधेरे में अब ठंडक भी मिल गई थी। अब वह ठोस और सजीव हो गया था। सविता के विचार भी अब ठोस और सजीव थे। वह इतने हीं में कितनी बदल गई थी। जब आई थी तो सूना-सूना था और अब अंग-

अंग में स्निग्धता का आभास-सा हो रहा था, जैसे उसने फूलों की सुगन्धि और सुषमा को आत्मसात् कर लिया हो।

अंधेरा बढ़ रहा था और उसमें ठंडक अधिकाधिक घुलती जा रही थी, जो उसे अधिकाधिक ठोस और सजीव बना रही थी। उस निस्तब्धता में भी एक मधुर संगीत था और सविता सुख और आनन्द में डूबी उसे सुन रही थी। वह सब कुछ भूलकर अपने-आप में खोई हुई थी। उसके लिए समय भी स्थिर और अचल था।

"सविता!"

सविता ने सुना ही नहीं।

"सविता!"

"सविता!!"

"पगली सविता !!!"

वह चौंकी और देखा कि कमलेश कन्धे पर हाथ रखे उसे हिला रही है।

"बैठो!"

—सविता ने मुस्कराकर सखी का स्वागत किया। मगर अंधेरे के कारण कमलेश इस मुस्कराहट को देख नहीं सकी और उसके समीप ही बेंच पर बैठ गई।

"बहन, तुम तो जैसे सो गई थीं।"

"हां।" सविता के मुंह से निकला। लेकिन दूसरे ही क्षण वह चेत गई और बोली, "नहीं, सोई तो नहीं। यों ही कुछ सोच रही थी।"

'ऐसा क्या सोच रही थीं कि अपने-आपको भी भूल गईं?"

"अपने बैजू बावरा की बात।"

कमलेश ने आंखें तरेरकर अपनी सखी की ओर देखा, मगर अंधेरे के कारण कुछ देख न सकी। सिर्फ शब्द ही कानों में गूंजते रहे। सविता ने ये शब्द कुछ इस अन्दाज़ से कहे थे कि उनमें स्त्रीसुलभ हृदय की सारी कोमलता और भावुकता भर दी थी और वे एक अमर सगीत की मधुर लय की तरह मुखरित हो उठे थे और देर तक गूंजते रहे।

"बहन, तुम यह क्या कर रही हो?"

कमलेश ने एक दीर्घ निःश्वास छोड़ा। यह निःश्वास उस आह के सदृश था जो गहरी आन्तरिक पीड़ा से उत्पन्न होती है। सविता उससे इन्तकाम ले रही थी और उसकी आत्मा दर्द से कराह उठी थी।

उस दिन शाम को जो कुछ कह दिया था, कमलेश अब उसपर पछता रही थी। वह जानती थी कि सविता जयदेव से प्रेम नहीं करती। वह इस योग्य कहां था कि सविता जैसी चतुर और गर्वीली लड़की उससे प्रेम करे! प्रेम का सवाल ही पैदा नहीं होता था, वह तो सिर्फ अपने नटखट स्वभाव के कारण उसे निरीह और मासूम जानकर मन बहलाया करती थी। मगर यह सब समझते-सोचते हुए भी कमलेश ने ढिठाई से पूछा था, 'क्या तुम जयदेव से प्रेम करती हो?' और 'क्या तुम उससे ब्याह करोगी?' गलत, गलत, एकदम गलत! सखी से, जो अपने मन का भेद तनिक भी न छिपाती हो, इस प्रकार की अनुचित और असंगत बात कहना विश्वासघात से कम नहीं था।

प्रेम की दुनिया में विश्वासघात बहुत बड़ा अपराध है। कमलेश उस समय आपे में नहीं थी। इसलिए उससे यह अपराध हुआ था। जब से यह घटना घटी थी, उसकी आत्मा उसे कोंच रही थी। वह अपने इस अपराध का निवारण चाहती थी और इसीलिए सविता को खोजती हुई यहां आई थी। निवारण इसलिए भी आवश्यक था कि अगर सविता ने सचमुच ही जयदेव से ब्याह कर लेने का निर्णय कर लिया तो पर्वत को अपनी जगह से हटा देना शायद संभव हो, लेकिन सविता से उसका निर्णय बदलवा लेना संभव नहीं था।

सविता, जिसने यह निर्णय किया था, अत्यन्त प्रसन्न थी, और कमलेश, जिसने सबसे पहले यह निर्णय सुना था, अत्यन्त उदास थी। वह विषाद की मूर्ति बनी चुप बैठी थी।

दूर घड़ियाल ने दस बजाए। टन-टन की ध्वनि निस्तब्धता को चीरती हुई वायुमंडल में फैल गई।

"घर चलें।"

—सविता ने बेंच से उठते हुए कहा। कमलेश भी पीछे-पीछे-चल पड़ी। आकाश स्वच्छ और निर्मल था, तारे छिटके हुए थे और ठंडी हवा के झोंके आत्मा को आनन्द प्रदान कर रहे थे। दोनों सखियां चुपचाप चल रही थीं। थोड़ी देर यों ही चलती रहीं। लेकिन जैसे ही पार्क का दरवाज़ा निकट आया, कमलेश लपककर आगे बढ़ी और उसने सविता को रोककर कहा :

"बहन, क्या तुमने हंसी की बात को सच मान लिया?"

सविता एक क्षण चुप रही। बिजली के प्रकाश में अब उसका चेहरा स्पष्ट दिखाई दे रहा था, उसपर खेद और क्षोभ का लेशमात्र भी नहीं था। वह शांत और गम्भीर थी।

"कमलेश, शायद तुम नहीं जानतीं कि वास्तव में हंसी की बात ही प्रायः अधिक सच्ची होती है।"

—सविता ने कहा और एक दृढ़ निश्चय मुस्कान ने उसके शब्दों का समर्थन किया।

सविता के पिता बाबू दीनानाथ ट्रांसपोर्ट आफिस में सुपरिन्टेंडेंट थे। उम्र इकावन-बावन साल की थी। नौकरी करते-करते बाल पक गए थे। दफ्तरी कार्रवाइयों के सब दांव-पेंच, हेर-फेर और गली-कूचों से भली भांति परिचित थे। रोबदार चेहरा, बड़ी-बड़ी मूंछे ; काम ढंग से करते थे और कदम फूंक-फूंककर रखते थे। तीस-बत्तीस साल की सर्विस, एक दिन भी शिकायत तक का मौका नहीं दिया। धीरे-धीरे तरक्की करते रहे। साधारण क्लर्क भर्ती हुए थे, मगर नौकरी के दौरान में कई इम्तहान पास किए और आज वे एक बड़े अफसर थे। वे अपनी इस सफलता पर फूले नहीं समाते थे।

जब वे अतीत पर दृष्टि डालते तो क्लर्क से अफसर बनने तक का सारा जीवन फिल्म की भांति स्मृति में घूम जाता। अपने जीवन का यह

रंगीन चित्र उन्हें बहुत ही भला मालूम होता। जितना वे उसे देखते उतना ही उन्हें अपने-आपपर गर्व महसूस होता और उनका मन उल्लास और अभिमान से झूम उठता। इस बात ने उनका चाहे और कुछ अहित ही किया हो, लेकिन उन्हें मेहनती और ईमानदार अवश्य बना दिया था। उनके आसपास जब दूसरे लोग खूब चांदी बना रहे थे तो वे अपनी ईमानदारी को सब कुछ समझते थे, उसपर गर्व करते थे और खुश थे। दूसरे लोग क्या कर रहे हैं और दुनिया किस ढर्रे पर चल रही है, इससे उन्हें कुछ अधिक सरोकार नहीं था। उन्हें ईमानदारी की ही बदौलत इतना बड़ा पद प्राप्त हुआ था, इसलिए लोग दुनिया को लाख बुरा कहें, उसमें ईमानदारी और सचाई की भी कद्र होती है, इसमें उन्हें तनिक भी संदेह नहीं था।

कहते हैं कि एक गन्दी मछली सारे तालाब को गन्दा कर देती है। लेकिन जहां सभी मछलियां गन्दी हों, वहां किसी एक मछली का शुद्ध-पवित्र बने रहना अचम्भे की बात है। बाबू दीनानाथ की यह ईमानदारी आफिस के दूसरे लोगों को खलती थी। वे इसे उनका गुण स्वीकार करने को तैयार नहीं थे। उनका ख्याल था कि जब आदमी रिश्वत लेने अथवा किसी दूसरी प्रकार की बेईमानी करने और चालाकी से उसे छिपाने में असमर्थ हो तो वह आत्मसंतोष के लिए सच्चरित्रता और साधुता का स्वांग भरता है। वे उनकी पगड़ी और मूंछों का मज़ाक उड़ाकर खूब हंसते थे, जिसका मंशा उन्हें समय से पिछड़ा हुआ व्यक्ति सिद्ध करना होता था। मगर जब अपने मन को टटोलते तो उन्हें अपनी हंसी झूठी और खोखली जान पड़ती।

लेकिन उन्हें सचमुच की हंसी हंसने का भी मौका मिल गया। एक दिन महकमे में सहसा साठ हज़ार रुपये का गबन पकड़ा गया। इस सिलसिले में जो पांच आदमी गिरफ्तार हुए, उनमें बाबू दीनानाथ भी शामिल थे। बस अब क्या था, 'छिपा रुस्तम', 'बगुला भगत' और न जाने क्या-क्या कहकर फबतियां कसी जाने लगीं। गिरफ्तार होते ही उनकी ईमानदारी संदिग्ध हो गई। जब किसी साधु पर चोरी का आरोप लगता

है तो जो लोग दरअसल चोर होते हैं, वे उसपर थूककर अपने-आपको साधु सिद्ध करने का प्रयत्न करते हैं। यह नीच प्रवृत्ति लूट-खसोट पर चलने वाले समाज की सभ्यता का अविच्छिन्न अंग बन गई है।

बाबू दीनानाथ के दो संतानें थीं—एक लड़का बलदेव और दूसरी सविता। दो साल हुए, बलदेव की शादी हुई थी। वह रेलवे में गुड्स क्लर्क था और पत्नी के साथ लुधियाना में रहता था। रिश्ते-नाते के और काफी लोग थे, लेकिन अपने-अपने धंधों में ऐसे व्यस्त थे कि सहानुभूति तक प्रकट करने का किसीको अवकाश न था। मुकदमे की पैरवी मां-बेटी को करनी पड़ती थी।

हरएक काम के लिए अनुभव दरकार है। इसमें संदेह नहीं कि मां-बेटी चतुर और साहसी थीं, अतः इस संकट में कुछ अधिक नहीं घबराईं। उन्हें कानून पर श्रद्धा और सत्य की विजय पर विश्वास था। मगर वे अदालतों के वातावरण से परिचित नहीं थीं; जी इतना दूषित है कि उसमें बड़ों-बड़ों का पित्ता पानी हो जाता है। बिना पैसे कोई सीधे मुंह बात नहीं करता। आंख बचाने की भी ज़रूरत नहीं पड़ती, यहां तो ज़ो भी है, सरेआम जेब काटने को दौड़ता है। वकील, मुंशी, वसीकानवीस—सब गिद्ध की तरह ताक लगाए रहते हैं और नई आसामी नज़र आते ही तुरंत उस-पर झपटते हैं। इन बेचारी स्त्रियों को इन सब बातों का क्या ज्ञान था! उन्होंने भोलेपन से बिना किसीकी सहायता के अदालत का रुख किया।

"कहिए क्या काम है?"

"बहन जी, मुझे बताइए, मैं आपकी हर तरह मदद करूंगा।"

"स्टाम्प लिखाना हो तो इधर मेरे साथ आइए।"

"अच्छा, गबन के मुकदमा में वकील करना है! यह तो बड़ा ही संगीन जुर्म है। खैर, आइए मेरे साथ, दीवान हेमचन्द्र बोहरा से सुयोग्य वकील दूसरा नहीं मिलेगा। अफसर भी उनका रोब मानते हैं।"

"नहीं, बहन जी, इधर आइए। रतनचंद हांडा का नाम तो आपने सुना होगा। बहुत ही मशहूर वकील हैं। मुकदमा मेहनत से लड़ते हैं और फीस भी कम लेते हैं।"

वकीलों के मुंशी और दलाल उन्हें घेरे हुए थे। हरएक अपनी-अपनी हांक रहा था। कुछ समझ में नहीं आता था कि किसकी सुनें और किसकी न सुनें। कई बार तो वे घबराकर सोचती थीं कि घर लौट चलें और नहीं इस झंझट से तो जान छूटे। लेकिन घर लौट जाने से समस्या हल नहीं होती थी।

सहसा जयदेव ने सामने आकर नमस्कार किया। सविता उसे देख-कर खिल उठी। अजनबियों के इस गिरोह में एक परिचित व्यक्ति को देखकर सांत्वना मिली जैसे अंधेरे जंगल में खोए यात्री को पथ-प्रदर्शक मिल गया हो।

"तुम यहां कैसे आए?" सविता ने उससे पूछा।

"मैं तो अक्सर आता हूं। लेकिन तुम बताओ कि तुम यहां कैसे आ फंसीं?"

सविता ने जब अदालत में आने का कारण बताया तो वह उन्हें अपने एक परिचित वकील के पास ले गया। तो क्या जयदेव इस वकील का दलाल या नौकर था? वरना यह कैसे सम्भव है कि कहानी की नायिका के साथ-साथ नायक भी अकारण ही अदालत में आ धमके। इस शंका-समाधान के लिए हम पाठक का ध्यान इस तथ्य की ओर दिलाना चाहते हैं कि संसार में कुछ ऐसे व्यक्ति भी होते हैं जो किसीके नौकर न होते हुए भी सबके नौकर होते हैं। बे-काम के काम से उन्हें बड़ी दिलचस्पी होती है। अपना कोई खास काम न होते हुए भी उन्हें सिर खुजलाने की भी फुर्सत नहीं होती। जयदेव भी इसी श्रेणी का एक व्यक्ति था। जिसने ज़रा हंसकर बात की वह उसीका बे-दाम का गुलाम हो जाता था। इस छोटे-से जीवन में उसने सैकड़ों धंधे किए थे और असंख्य व्यक्तियों से उसका परिचय था। और वह परिचय दिनोंदिन बढ़ता जा रहा था। आज यहां, कल वहां। किसीसे कुछ भी राग-द्वेष नहीं, वह सबका है और किसीका भी नहीं। वह सविता और उसकी मां को जिस वकील के पास ले गया था, उसके साथ परिचय की कहानी इस प्रकार थी : एक दिन रिक्शा में उसके साथ बैठने का संयोग हो गया और यह क्षणिक संपर्क

इतना बढ़ा कि वह वकील के साथ ही रिक्शे से उतरा और उसके घर चला गया। बस अब क्या था, वहां डेरे डाल दिए। वह सुबह फाइलें उठाकर वकील के साथ कचहरी जाता, और शाम को कागज़-पत्र समेट-कर लौट आता। चार-पांच महीने इसी तरह गुज़र गए।

फिर जाने कैसे एक दिन उसकी भेंट एक फोटोग्राफर से हो गई। जो आदमी जिस दिशा में काम करता है, धीरे-धीरे उस दिशा को पहचानने की उसमें एक प्रकार की सहज बुद्धि उत्पन्न हो जाती है। जयदेव ने अपनी सहज बुद्धि से झट पहचान लिया कि फोटोग्राफर को एक सहयोगी और मित्र दरकार है। वकील का संग अब निरानंद और शुष्क जान पड़ा, और फोटोग्राफी का अद्‌भुत आकर्षण जयदेव को इस नये मित्र के पास खींच ले गया।

जयदेव उसके नगेटिव धोता और उन्हें साफ करता रहा। जब फोटोग्राफर किसी उद्‌घाटन, झंडा-सलामी अथवा सार्वजनिक सभाओं में नेताओं और प्रमुख व्यक्तियों के फोटो लेने जाता तो जयदेव कैमरा उठाए उसके साथ होता। इसी प्रकार पांच-छह महीने बीत गए।

फिर एक दिन उसकी मुलाकात एक संवाददाता से हो गई। वह भरे शरीर और गोरे रंग का हंसमुख व्यक्ति था। जयदेव को उसका बात करने का ढंग भी दूसरे लोगों से कुछ निराला और अद्‌भुत जान पड़ा। एक तो उसके व्यक्तित्व में आकर्षण था, दूसरे खबरें जमा करना भी एक व्यापार, एक धंधा है, यह जयदेव को पहली बार मालूम हुआ था। जीवन की साधारण घटनाओं और बातों से खबरें कैसे बन जाती हैं, वह भली प्रकार जान लेना चाहता था।

अब वह इस संवाददाता के साथ कॉफी-हाउसों में कॉफी पीता दिखाई देता और शहर में उसके साथ-साथ घूमता रहता। कुछ व्यक्ति ऐसे होते हैं कि अगर कोई दूसरा प्राणी परछाईं के सदृश उनके साथ-साथ चले—जहां वे बैठे, वह भी बैठ जाए, जब वे चले तो वह भी चले, और जब वे हंसें, वह भी खिलखिलाकर हंस पड़े तो वे इस बात में बड़ा गर्व महसूस करते हैं और उसपर थोड़ा-बहुत खर्च कर देने में बड़े ही

उदार होते हैं। यह संवाददाता जयदेव को ऐसा ही प्राणी समझता था। अब वह उसके साथ सिर्फ घूमता ही नहीं था, अखबार के दफ्तरों में उसकी खबरें भी पहुंचा आता था। उसने उसे दो नई पतलूनें और दो बूशर्ट सिला दिए थे।

एक दिन फिर ऐसा हुआ कि जयदेव खबरें पहुंचाने किसी अखबार के दफ्तर जा रहा था कि मार्ग में उसे एक पूर्व-परिचित व्यक्ति अथवा मित्र ने आवाज़ें देकर बुला लिया। मित्र बड़े संकट में था। वह अपने रोगी पिता को पहाड़ पर लिए जा रहा था। वह खुद पिता के साथ पहाड़ पर रहे तो पीछे कारोबार चौपट हो जाने का डर था और रोगी को अकेले छोड़ देना भी संभव नहीं था। उसे किसी ऐसे व्यक्ति की खोज थी जो रोगी की देखभाल कर सके। उसने अपनी विपदा कही तो जयदेव ने झट अपनी सेवाएं उसके बीमार पिता के लिए अर्पित कर दीं। उसे तो किसीके काम आने का अवसर किस्मत से मिला था। वह उसी समय उनके साथ पहाड़ पर चला गया। मित्र तो रिहाइश आदि का प्रबन्ध करके लौट आया और जयदेव तीन-चार महीने तक वहां रहकर उसके रोगी पिता की सेवा-शुश्रूषा करता रहा।

वह किस-किसके साथ रहकर क्या-क्या करता रहा, यह सब विस्तार से कहना संभव नहीं है। हमें विश्वास है कि पाठकों ने इतने ही में बहुत-कुछ समझ लिया है। इस समय वह एक प्रकाशक के यहां टिका हुआ था और उसी के आदेश पर दो रुपये का सरकारी कागज़ खरीदने कचहरी आया था कि वहां सविता और उसकी मां से भेंट हो गई। वह लौटकर प्रकाशक के पास नहीं जा सका और दो रुपये का नोट उसकी जेब में ही पड़ा रह गया।

अब इस मुकदमे की सबसे अधिक चिन्ता जयदेव को थी। उसने दिन-रात एक कर रखा था। वह अपने-आप कचहरी जाता, वकील से मिलता, मुकदमे की नकल लेता और जो-कुछ भी करना होता, मेहनत और लगन से करता। मां-बेटी ने उसे कभी ऊबते या अघाते नहीं देखा था।

इस दौड़-धूप के परिणामस्वरूप बाबू दीनानाथ ज़मानत पर रिहा होकर जेल से बाहर आए।

उन्होंने बाहर आते ही अपना असर-रसूख और शायद पैसा भी इस्तेमाल किया। मुकदमे के दूसरे अपराधियों को चार-चार साल सख्त कैद और पांच-पांच हजार रुपये जुर्माने की सज़ा हुई, मगर वे साफ बच निकले। जज ने फैसले में लिखा—"बाबू दीनानाथ अगर चौकस रहते, तो यह गबन बहुत पहले पकड़ा जाता, एक अनुभवी व्यक्ति की यह गफलत उनके चरित्र को संदिग्ध अवश्य बनाती है मगर शहादतों और दस्तावेज़ों से सिद्ध होता है कि गबन में उनका कोई हाथ नहीं। इसलिए मैं उन्हें बाइज़्ज़त बरी करता हूं।"

बाइज़्ज़त बरी हो जाने के बावजूद बाबू दीनानाथ प्रसन्न नहीं थे। नौ-दस महीने मुकदमा चलता रहा। इस बीच में उन्हें जो परेशानी उठानी पड़ी और जो शारीरिक, मानसिक कष्ट सहन करना पड़ा, उसने उनकी आत्मा तक को थका दिया। उनके प्राण दुविधा और चिंता में पड़े रहते थे। उन्हें ज़िन्दगी में पहली बार बहुत ही कटु अनुभव हुए थे। जो लोग ऊपर से आश्वासन देते और हमदर्द बनते थे, वास्तव में वे ही उनकी जड़े काटने पर तुले हुए थे। जो लोग सचाई और ईमानदारी की प्रशंसा करते नहीं अघाते थे, उन्होंने मुंह फाड़कर रिश्वत मांगी थी। मनुष्य के निर्दय स्वार्थ, हृदयहीनता और विश्वासघात के वे भयंकर दृश्य देखने में आए थे कि किसीसे कुछ कहते-सुनते भय आता था। उनके सरल और निष्कपट हृदय को संदेह और शंकाएं घेरे रहतीं। वे बैठे-बैठे सोचने लगते तो सोचते ही रहते, व्यथित और व्यग्र हो उठते और उन्हें अपनी मान्यताएं और विश्वास मिथ्या जान पड़ते। मुकदमे में बरी हो जाने के बाद भी उन्हें ऐसा लगा जैसे उन्होंने अपना सब-कुछ खो दिया हो।

"इस तरह बैठे क्या सोच रहे हो? अब तो सब ठीक हो गया?" —फैसले के दूसरे दिन पत्नी ने उन्हें चिन्ता में डूबे देखकर कहा।

"हां, ठीक तो हो गया।" उन्होंने निगाहें ऊपर उठाकर आर्द्र स्वर में कहा। एक क्षण पत्नी की ओर देखते रहे और फिर बोले, "लेकिन

मैं सोच रहा हूं कि यह दुनिया बड़ी दुरंगी है। यहां धर्म, आदर्श और ईमानदारी का कोई मूल्य नहीं, सब छल-कपट और पाखंड का खेल है।"

"यह आज तुम्हारी समझ में आया?" पत्नी ने उनके चेहरे पर आंखें गड़ाकर सरल भाव से पूछा।

उन्होंने भी पत्नी की ओर देखा, आंखों से आंखें मिलाईं और तनिक सोचकर बोले :

"देखता तो शायद पहले भी था, लेकिन समझ में आज ही आया।" और वे मुस्करा दिए। उनकी यह मुस्कान कितनी करुणा-जनक थी! यह व्यथित हृदय का विचित्र रुदन था।

आदर्शवादी मनुष्य अपने-आपमें डूबा रहना पसंद करता है, वह अपने अहं की प्रतिमा को देवत्व के पद पर आरूढ़ करके उसकी पूजा करता है और उसे बाहरी लांछनों और आक्षेपों से बचाए रखने के लिए मनुष्य में सिर्फ गुण ही गुण देखता है, और दोषों के प्रति आंखें मूंद लेता है। लेकिन जब दोष यथार्थ का इतना भयंकर और क्रूर रूप धारण कर हठात् सामने आ जाएं कि उन्हें झुठलाना संभव न हो तो उसके अहं को आघात पहुंचता है, आत्मा चीत्कार कर उठती है और प्रतिक्षण वह संतप्त और पीड़ित रहने लगता है। बाबू दीनानाथ भी इन दिनों संतप्त और पीड़ित रहते थे और विगत घटनाएं और लोगों का दुरंगा-पन याद करके मन घृणा और ग्लानि से भर आता था। दफ्तर के वाता-वरण में उनका दम घुटने लगता। घर में अकेले बैठे इन बातों को सोचते तो दुःख और भी बढ़ता। एक जयदेव था जिसे देखकर उनकी आत्मा सुख मानती थी। वह बच्चे की तरह भोला और निश्छल जान पड़ता था। यही एक व्यक्ति था जो बाहर-भीतर से एक था, जिसके मन में किसी प्रकार का छल और कपट नहीं था। उसने उनकी नि:स्वार्थ सेवा की थी। जहां और लोगों के प्रति घृणा बढ़ी थी, वहां जयदेव के प्रति उनके मन में स्नेह बढ़ा था। जब वह आता, बाबू दीनानाथ बड़े ही दुलार से कहते, "आओ बेटा, मेरे पास बैठो।"

वे उसे बिठाकर बातें करते, अखबार अथवा कोई धार्मिक ग्रंथ पढ़वा-

कर सुनते। गीता, उपनिषद् और स्वामी विवेकानन्द के ग्रंथों में उनकी अपार श्रद्धा थी ; जीवन भर इनसे शिक्षा और सांत्वना प्राप्त की थी। लेकिन अब उनमें भी मन नहीं लगता था, आत्मा भटकती रहती और अक्षर आंखों के सामने नाचने लगते। इसलिए पढ़वाकर सुनने में सुविधा रहती। जयदेव घंटों बैठा पढ़ता रहता और वे सुनते रहते। शब्द सरस, सजीव और रोचक जान पड़ते। एक निश्छल व्यक्ति की वाणी उनमें माधुर्य और प्राणों का संचार करती।

जयदेव सभी को अच्छा लगता था। वह परिवार के ही एक व्यक्ति की भांति निस्संकोच बाहर-भीतर घूमता। मां भी उसे 'बेटा' कहकर पुकारतीं और जब वे उसे घर और बाज़ार का कोई काम करने को कहतीं तो वह सहर्ष कर देता। बुरा मानना और माथे पर बल डालना तो उसने सीखा ही न था। सविता और कमलेश के लिए तो वह विनोद और मनोरंजन की वस्तु था। वे उससे उसके जीवन की विविध कहानियां सुनतीं, ताश खेलतीं और सैर को साथ ले जातीं, जितना ही वे उसके संपर्क में आई, उतना ही अधिक खुलती गईं। अब वे उससे ऐसी बातें भी निस्सकोच कर लेती थीं जो उस उम्र की लड़कियां हम उम्र लड़को से करते लजाती हैं :

"जयदेव, तुमने कभी प्रेम किया है?"

"प्रेम!" जयदेव ने दोहराया और वह मुस्करा दिया।

इस उत्तर से 'हां' 'न' कुछ भी व्यक्त नहीं होता था। लेकिन जो बात उसके उत्तर में नहीं थी, वह उसी मुस्कराहट में निहित रहती थी।

"तुम्हें सुंदर लड़कियां कैसी लगती हैं?" एक बार कमलेश ने पूछा।

"बहुत अच्छी!" जयदेव ने उत्तर दिया।

"तो फिर यह बताओ कि हम दोनों में से कौन अधिक अच्छी है?" कमलेश ने सविता के कंधे पर हाथ रखकर पूछा।

जयदेव ने ज़बान से तो कुछ नहीं कहा, लेकिन उसकी आंखें सविता के मुख पर गड़ी की गड़ी रह गईं।

दिन यों ही बीत रहे थे कि इतने में कमलेश की सगाई की घटना घटी और इस साधारण दिल्लगी ने एक नई कहानी का रूप धारण किया।

मनुष्य के जीवन में निश्चय ही एक क्रम है—जन्म से मरण तक वह एक सम्पूर्ण इकाई है, लेकिन उसमें सहसा ऐसे क्षण आ जाते हैं जिनकी उसने कभी कल्पना भी नहीं की होती।

'मैं उसे प्रेम करना सिखाऊंगी।' सविता आप ही आप बड़बड़ाई और उसने स्वप्निल आंखों से इधर-उधर देखा। कमरे में सूर्य का प्रकाश था। दिन काफी निकल आया था। वह सकपकाकर चारपाई पर उठ बैठी। आज उसे जगने में असाधारण देर हो गई थी।

देर से जागने का कारण यह था कि वह पार्क से लौटकर घर आई और खा-पीकर बिस्तरे में लेट गई। मन में किसी प्रकार की दुविधा नहीं थी। उसे जो निश्चय करना था, कर चुकी थी। इसलिए फौरन नींद आ गई और वह इत्मीनान से सो गई। लेकिन आधी रात के करीब आंख अचानक खुल गई। फिर वह करवटें बदलते-बदलते थक गई, लेकिन आंख लगने में न आई। दिन भर की बातें याद आ रही थीं। वह उन्हें याद नहीं करना चाहती थी। वह निःश्वास छोड़कर मन को स्थिर करके आंखें बन्द कर लेती। मगर नींद फिर भी न आती। जितना वह ऊपर से शांत होने का प्रयत्न करती रही, अन्तर्द्वन्द्व उतना ही बढ़ता रहा। आखिर वह विक्षिप्त और विह्वल हो उठी। ऊपर की शांति को भी स्थिर रखना असंभव हो गया। उसने आवेग में निश्चय किया था, मन की बात टाले नहीं टलती थी। अंतरात्मा दो टूक था और उसमें तर्क-वितर्क चल रहा था।

'तुमने यह निश्चय ठीक किया है?'

'बिलकुल ठीक।'

'लोग उसे बुद्धू समझते हैं।'

'समझा करें; मुझे लोगों की परवा नहीं।'

'मां-बाप और भाई-भावज को कितना दुःख होगा।'

'वह तो खैर होगा ही। पर किया क्या जाए। जो आदमी इसी दुःख की और लोक-लाज की बात सोचकर ही बन्धनों में जकड़ा रहता है वह कोई स्वतन्त्र कल्पना और स्वतन्त्र निर्णय कर ही नहीं पाता।'

उसे अपने-आपपर गर्व महसूस हुआ और वह क्षण भर के लिए शांत हो गई। लेकिन, फिर तर्क-वितर्क चलने लगा। उसके भीतर तूफान-सा उठ खड़ा हुआ। जिस प्रकार शांत समुद्र के नीचे सर्द-गर्म लहरें चलती रहती हैं और यदा-कदा तूफान का रूप धारण कर लेती हैं, उसी प्रकार मनुष्य के मन में विपरीत भावनाएं एक साथ चलती रहती हैं और कभी-कभी अनजाने ही तूफान बन जाती हैं। सविता के भीतर की ये विपरीत भावनाएं तूफान बन गई थीं और उसे अपने साथ बहाए लिए जा रही थीं। कुछ न सोचने और शांत रहने की इच्छा रहते हुए भी वह सोचने पर विवश थी, अशांत और विह्वल थी। विरोध और हठी मन कह रहा था कि तुम खुद भी तो उसे मूर्ख और बुद्धू समझती आई हो, उससे खिलवाड़ करती रही हो। सच कहो कि जब तुम और तुम्हारी सखी कमलेश उसे व्यंग्य और परिहास से 'बैजू बावरा' कहती थीं तो क्या यह बैजू बावरा शब्द मूर्ख और बुद्धू अर्थों का ही परिचायक नहीं होता था?

प्रश्न रात के गहरे सन्नाटे में गूंज उठता और उसे अपनी ही भावनाओं से डर लगता। विचारधारा रुख बदलती और उसका समर्थक और पक्षपाती मन कहता कि वह बुद्धू और मूर्ख नहीं, सरल और साधु प्रकृति का व्यक्ति है। उसका हृदय निश्छल और आत्मा पवित्र है। 'मैं उसकी सरलता, निश्छलता और पवित्रता से प्रेम करती हूं।'

'सरलता और पवित्रता—सच कहो, क्या तुमने ऐसे ही पति की कल्पना की थी?'

उसने अपने सम्पूर्ण जीवन पर विहंगम दृष्टि डाली। जवानी की हसरते और उमंगे साकार बनकर सामने आई। वह अपने-आपसे लड़ती-झगड़ती और संघर्ष करती रही। मगर वह क्या चाहती रही है; उसने जीवन भर कैसे पति की कल्पना की है?–इस प्रश्न का कोई स्पष्ट उत्तर

वह पा न सकी। जितना इस विषय पर अधिक सोचा, उतनी ही व्यग्रता और विह्वलता बढ़ती गई और उसकी सारी देह अन्तर्वेदना से जल उठी। धीरे-धीरे तूफान थम गया, सिर्फ वेदना बाकी रह गई। धीरे-धीरे इस वेदना ने उसकी समस्त चेतना को लील लिया। तर्क-बुद्धि शिथिल पड़ गई और उसे सहसा नींद आ गई।

तड़के जब आंख खुलने वाली थी तो वही प्रश्न फिर सम्मुख आ खड़ा हुआ। अब इस वेदना ने अवचेतन में घुलकर स्वप्न का रूप धारण कर लिया। कमलेश कह रही थी, "पगली, हठ छोड़ दो, जिससे तुम विवाह करने जा रही हो, उसका जीवन में कोई ठौर-ठिकाना ही नहीं, कोई निश्चित ध्येय ही नहीं, मार्ग नहीं। आज यहां है तो कल वहां। यह सच है कि तुम उसे प्रेम करोगी, लेकिन उसे तो प्रेम करना नहीं आता।" सविता ने तुनककर उत्तर दिया, "मैं उसे प्रेम करना सिखाऊंगी।" और उसकी आंख खुल गई।

वह चुप बैठी थी और अपने ही शब्दों को वातावरण में गूंजते हुए सुन रही थी। उसका मन शान्त था, सारी उद्विग्नता मिट चुकी थी। जिस प्रश्न को वह जागरितावस्था में सोचते-सोचते आकुल हो गई थी, और कुछ निर्धारित न कर सकी थी, अवचेतन ने उसका स्पष्ट उत्तर प्रस्तुत कर दिया था। स्वप्न में तर्क-बुद्धि निष्क्रिय होती है, मनुष्य का वास्तविक चरित्र अवचेतन में उभर आता है और जटिल से जटिल समस्या को सुगमता से हल कर देता है। उसने अपने लम्बे-लम्बे अस्त-व्यस्त बालों को दोनों हाथों से संवारा और फिर उन्हें पीछे की तरफ झटककर उठी और शीशे के सामने जा खड़ी हुई। दर्पण चेहरे को और चेहरा मन को प्रति-बिम्बित करता है। जैसे उसका मन शांत था वैसी ही उसकी मुखमुद्रा शान्त थी। वह शीशे के सामने खड़ी अपनी इस शांत मुखमुद्रा को देखती रही। रात ही रात में असाधारण परिवर्तन हुआ था। वह अब चंचल और विलक्षण सविता न थी, गम्भीर और दृढ़निश्चय नारी थी। उसके गालों पर अद्भुत लाली, होंठों पर मृदु मुस्कान और आंखों में विजयो-ल्लास की चमक थी। अपने इस रूप को देखकर उसके अस्तित्व का

कण-कण हर्ष और आनन्द से खिल उठा और उसे यों लगा जैसे एक नये जीवन का आरम्भ हो रहा है और यह प्रभात उसके जीवन की पहली प्रभात हो। 'मैं उसे प्रेम करना सिखाऊंगी।' उसने आत्मा की समस्त शक्ति से ये शब्द दोहराए और गर्व से इधर-उधर देखा।

वह अपने ये शब्द किसीको सुनाना चाहती थी, मगर वहां सुनने वाला कोई न था। शब्द कमरे की दीवारों से टकराकर गूंज उठे। वही उन्हें सुनने लगी, सुनती रही। फिर एक उन्मादिनी की भांति खुद हंसने लगी तो हंसती रही। इस हंसी का अगर कोई अर्थ हो सकता है तो वह यह था कि वह तर्क-बुद्धि को अपने निश्चय का विश्वास दिला रही थी, उसे कायल कर रही थी।

"सब्बो, क्या तुम अभी तक सो रही हो?" मां ने पुकारा।

"नहीं तो, मैं अभी आई।"

वह झटपट कमरे से बाहर निकली। मां उसकी प्रतीक्षा कर रही थी। उसने सविता के चेहरे पर दृष्टि डाली और पूछा, "तुम तो बड़ी जल्दी उठती थी, आज इतनी देर कैसे हो गई? तबियत तो ठीक है न?"

"हां, ठीक है।"

"फिर इतनी देर तक न जगने का कारण क्या है?"

"रात को बीच में आंख खुल गई। तरह-तरह के विचार मन उठने लगे। बहुत चाहा कि सो जाऊं, पर तीन बजे से पहले आंख ही न लगी। और इसलिए आंख देर से खुली।"

सविता ने सत्य बात कही, माँ को कुछ तसल्ली हो गई। लेकिन वह दूसरे ही क्षरण फिर बोलीं, "दो-तीन दिन से देख रही हूं, तुम कुछ खोई-खोई और उतेजित-सी रहती हो। जाने किस उधेड़-बुन में पड़ी हो! आखिर बात क्या हैं?"

"कुछ नहीं।"

"कुछ क्यों नहीं! तुम्हारे मन में कोई बात अवश्य है। मुझे यह पूछने का अधिकार तो नहीं कि तुम्हारे मन में क्या विचार उठते रहे, पर आकुल मन में ही अधिक विचार उठते हैं। तुम अपनी परेशानी मुझसे

लाख छिपाओ, मगर तुम्हारा चेहरा साफ कहे देता है, तुम्हारी आंखों में वेदना की गहरी छाप है और मुखमुद्रा असाधारण रूप से गम्भीर है। तुम अभी दूध-पीती बच्ची हो, अपना भेद मां से नहीं छिपा सकतीं। तुम्हारे मन में कोई संघर्ष चल रहा है।"

"मां, अब कोई संघर्ष नहीं है।" सविता ने सरल और विनम्र स्वर में कहा और वह खिलखिलाकर हंस पड़ी।

"बनो मत।" मां ने कहा, "तुम क्या बनोगी, इन्हीं बातों में बाल सफेद हो गए हैं। मां तो अपनी संतान के मुख पर नाखून की तनिक-सी खरोंच को भी देख लेती है, और तुममें तो मैं बहुत भारी परिवर्तन देख रही हूं।"

"मां, इसमें आश्चर्य की कौन-सी बात है? मैं अब कोई बलिका तो नहीं, जवान हो गई हूं। परिवर्तन तो होगा ही।" स्वाभिमानिनी सविता ने आइने में जो अपना नारी-रूप देखा था, उसे स्मरण करते हुए कहा। मां सन्न रह गई। उसके हाथों से तोते उड़ गए। उसने अपने कानों से ऐसी बात सुनी थी जिसकी उसने कभी कल्पना भी नहीं की थी। सविता ने 'मैं बालिका नहीं जवान हो गई हूं' कहकर अनजान ही अपने रहस्य का उद्घाटन कर दिया। मां को आगे कुछ कहने का साहस न हुआ। मन ही मन सोचने लगी, 'इसे अवश्य किसीसे प्रेम हो गया है।'

जयदेव चार-पांच दिन से इधर नहीं आया था। वह उसके बारे में मां से कुछ पूछना चाहती थी। शायद वह उसकी अनुपस्थिति में आकर लौट गया हो और उससे न मिल सका हो। अथवा उसके न आने का कोई विशेष कारण तो नहीं? लेकिन इस वार्तालाप के बाद उसे जयदेव की बात छेड़ना उचित न जान पड़ा। वह चुप रही, पर उसका मन जयदेव से मिलने के लिए अधीर था।

वह दोपहर के बाद स्कूल में सिलाई सीखने जाती थी, मगर आज

जाने का मन न हुआ। वह घर पर रहकर जयदेव की प्रतीक्षा करना चाहती थी। उसे अनजाने में ही विश्वास-सा हो गया था कि आज जयदेव अवश्य आएगा। और कोई तीन बजे के करीब सचमुच आ गया जयदेव। उस समय सविता की मां घर-गृहस्थी की कुछ चीज़ें खरीदने बाज़ार गई हुई थी, पिता दफ्तर में थे। सविता घर में अकेली थी। वह आंगन में चारपाई बिछाए बैठी थी और किताब पढ़ने का प्रयत्न कर रही थी, लेकिन आंखें द्वार की ओर लगी हुई थीं। सहसा परिचित चाप कानों में पड़ी और वह पुस्तक पटककर उठ खड़ी हुई। "तो जनाब तशरीफ ले आए।" सविता ने मुस्कराते हुए जयदेव का स्वागत किया।

"हां!" जयदेव ने उत्तर दिया और बोला, "आना तो कल भी चाहता था पर···"

"समय नहीं मिला।" सविता ने उसके मुंह की बात छीन ली। "आजकल जनाब कुछ बहुत ही व्यस्त मालूम होते हैं। सूट भी तो बढ़िया पहन रखा है। क्या नया सिलाया है? खूब फबता है। एकदम दुलहा बने हुए हैं।"

जयदेव ने वाकई सर्ज का नया सूट पहन रखा था। नीली-लाल टाई भी बांध रखी थी और बूट भी बढ़िया और नया था। सविता ने कौतूहल में भरकर उसे सिर से पांव तक देखा और फिर बोली, "मालूम होता है, कहीं से दबा हुआ धन हाथ लगा है।"

"चार दिन पहले एक मित्र से भेंट हो गई। हम स्कूल में इकट्ठे पढ़ते थे। हम दोनों में अभिन्न मित्रता थी। अब इतने दिनों बाद मिले तो बड़े प्रसन्न हुए। वे बम्बई में रहते हैं और फिल्म में गाने लिखते हैं। यह सूट उन्होंने सिलवा दिया है।"

"तब तो वे बड़े उदार व्यक्ति हैं।"

"हां, बड़े ही उदार! पैसे को हाथ का मैल समझते हैं। अब उनके साथ बम्बई जाने का प्रोग्राम है।"

"बम्बई जाने का!" सविता एकदम चौंकी।

"हां," जयदेव ने उसके मुख के बदले हुए भाव को बिना देखे ही कहा।

"क्या फिल्म में काम करने का इरादा है?"

सविता ने अपनी लम्बी-लम्बी पलकें ऊपर उठाईं। उसकी स्याह सुन्दर आंखें पूरी खुल गईं। उनमें एक अजीब आकर्षण था। जयदेव विमूढ़-सा उसकी ओर देखता रह गया। उससे कोई उत्तर न बन सका।

सविता एक कदम आगे बढ़ी और उसके बिलकुल करीब आ गई। वे दोनों आमने-सामने खड़े थे। सविता की छातियां आवेग से हिल रही थीं। जयदेव को उसके संपर्क में आए डेढ़-दो साल का समय बीत चुका था। मगर उसने सविता को इतने निकट से कभी नहीं देखा था और न उसकी आंखों के इस आकर्षण को अनुभव किया था। वह बहुत समीप होते हुए भी दूर जान पड़ती थी। युवक और युवती होते हुए भी उनमें एक चारित्रिक अन्तर था। लेकिन आज सविता ने उस अन्तर को अचानक फांद लिया था और वह उसके निकट—अत्यन्त निकट—आ खड़ी हुई थी और सानन्द मुस्करा रही थी। जयदेव में अगर तनिक भी साहस होता तो वह झुककर इस मृदु मुस्कान को अपने हृदय में भर सकता था और उसकी लम्बी घनी पलकों को छू सकता था। लेकिन वह स्तब्ध ही नहीं, आशंकित और भयभीत जान पड़ता था और उसके मुख से आंखें हटाकर शून्य में झांक रहा था।

"आजकल सिनेमा में प्रेम-कहानियां खूब चलती हैं। उनके नायक प्रायः भोले-भाले और एक प्रकार से बुद्धू होते हैं। नायिका ही उन्हें प्रेम करना सिखाती है। तुम एक सफल नायक सिद्ध होगे। तुम्हारे मित्र शायद इसी तलाश में यहां आए हैं। ऐसे अवसर जीवन में रोज़-रोज़ नहीं आते। समझ लो कि किस्मत खुल गई। प्रेम भी मिलेगा और पैसा भी।"

"लेकिन फिल्मों के नायक वास्तव में बुद्धू नहीं होते, बुद्धू होने का अभिनय करते हैं।" जयदेव ने सहज भाव से कहा और मुस्करा दिया।

"पर तुम तो सचमुच के नायक होगे। तुम्हारा अभिनय तो स्वाभाविक होगा।" सविता ने कौतूहल में भरकर कहा।

"यह तो ठीक है। लेकिन सचमुच के नायक को सचमुच की नायिका भी चाहिए। वह फिल्म की नकली नायिका के साथ प्रेम का

स्वांग नहीं भर सकता।”

—जयदेव खिलखिलाकर हंस पड़ा। उसे अपनी मौलिकता पर आश्चर्य हुआ और उसने विजयगर्व से सविता की ओर देखा। दोनों की आंखें चार हुईं।

“तो फिर जनाब बम्बई किसलिए जा रहे हैं?” सविता ने अपना मुख उसके कान के निकट लाकर कहा।

“सैर करने।” जयदेव ने उत्तर दिया। सविता और करीब आ गई थी। उसकी छातियां उसे छू रही थीं।

वह मन्त्रमुग्ध-सा कहता रहा, “बम्बई में समुद्र है। समुद्र में लहरें, विस्तार और गहराई हैं।”

“तो जनाब को समुद्र, लहरें और विस्तार व गहराई देखने का शौक है?”

—सविता ने आंखों में उन्माद भरकर दोहराया तो वह और भी कवितामय हो गया और वातावरण में संगीत-सा बिखर गया।

“हां,मुझे समुद्र,उसका विस्तार व गहराई देखने का बहुत शौक है।”

“पर कभी उस गहराई में डूबकर भी तो देखो।” उन्मादिनी सविता ने कहा और अपने गर्म होंठ जयदेव के होंठों पर रख दिए।

“सविता!”

वह चौंकी। सामने मां खड़ी थी। उसने लज्जा से आंखें झुका लीं।

“तुम्हें शर्म नहीं आती!” मां की आंखें लाल थीं और वे क्रोध से कांप रही थीं, “अपने-आपको देखो और इस...इस...”

“मां, तुम मुझे जो चाहो कहो, पर इन्हें कुछ न कहना। मैं इन्हें प्रेम करती हूं।”

—सविता ने गर्दन ऊपर उठाई और मां के चेहरे पर आंखें गड़ा दीं।

“बेहया, निर्लज्ज!” मां का क्रोध और भी भड़क उठा, “तुम्हें अगर प्रेम ही करना था तो क्या इस...इस...”

“मां!” सविता चीखी, “एक बार कह दिया कि इन्हें कुछ न कहना। वरना मैं......” और उसने पलटकर जयदेव से कहा, “तुम अब

जाओ। मां इस समय क्रोध में हैं। उन्हें भले-बुरे की सुध नहीं। मैं तुमसे खुद मिलूंगी।"

जयदेव ने एक नज़र मां-बेटी की ओर देखा और धीरे-धीरे चल दिया। वे दोनों अचल खड़ी उसे देखती रहीं, लेकिन दोनों के देखने में अन्तर था—मां की आंखों में से अग्नि-बाण निकल-निकलकर उसके शरीर को छेदने का प्रयत्न कर रहे थे, लेकिन सविता का निश्छल प्रेम कवच बनकर उसकी रक्षा कर रहा था।

"मां, तुम अपने दामाद का अपमान कर रही थीं!" जब जयदेव दूर चला गया तो सविता ने संयम और दृढ़ स्वर में कहा।

"चुप रह, दुराचारिणी! अपने दुराचार को छिपाने के लिए बातें बनाती है!"

"मां, तुम मुझे एक नहीं, दस गालियां दो, मैं उन्हें सहन कर लूंगी। मगर यह गाली बहुत बड़ी है। अपनी बेटी को दुराचारिणी कहना तुम्हें शोभा नहीं देता। एक बात कहती हूं, उसे समझ रखो। तुम तो खैर मां हो। दुनिया का कोई भी इंसान, अगर उसमें ज़रा भी इंसानियत है, तो आज तो क्या, कभी भी तुम्हारी इस बेटी पर दुराचार का दोषा-रोपण नहीं कर सकेगा।" सविता की आंखों में स्वाभिमान की चमक थी।

"और मैंने जो कुछ अपनी आंखों से देखा?" मां ने कुछ नर्म होकर कहा।

"तुमने अपनी आंखों से जो देखा, वह तुम्हें देखना नहीं चाहिए था। और न मैं दिखाना चाहती थी। खैर, जब देख लिया है तो वह सिर्फ देखने मात्र ही से दुराचार नहीं बन जाता। एक व्यक्ति को अपना पति बनाने और उससे प्रेम करने का अर्थ किसी भी भाषा के शब्दकोष में दुराचार नहीं है।"

"तो क्या तुम उस पगले को पति बनाओगी?" मां ने कठोर स्वर में पूछा।

"हां, मैं उसे पति बनाऊंगी।" सविता ने निस्संकोच उत्तर दिया और तनिक रुककर फिर कहा, "यदि मुझे अपना पति आप चुनने की

आज़ादी और अधिकार प्राप्त है तो मैं उन्हें अपना पति बना चुकी हूं।"

"क्या आज़ादी का यही मतलब है?"

"मतलब! आज़ादी का मतलब!" सविता ने विद्रूप भाव से दोहराया और खिलखिलाकर हंस पड़ी। "मां, क्या आज़ादी का मतलब भी बताने से आता है? मैं कोई दूध-पीती बच्ची नहीं हूं कि आज़ादी का मतलब पूछती फिरूं। मैंने आज़ादी के बारे में काफी पढ़ा और सुना है और मैं आज़ादी का अर्थ यही समझ पाई हूं कि किसी विशेष स्थिति में मनुष्य का मन जो निर्णय करता है, उसीपर चलने और दृढ़ रहने का नाम आज़ादी है। अब मैं विवाह के योग्य हूं और इस स्थिति में मेरे मन ने यही निर्णय किया है कि जयदेव मेरा पति है।"

मां का क्रोध शांत हो चुका था बल्कि वे मन ही मन बेटी के साहस और निश्चय पर गर्व कर रही थीं। लेकिन वे उसके भविष्य के बारे में आशंकित थीं। ममता सहज में ही सुख-दुःख की बात सोच लेती है। वे एक मिनट मौन खड़ी बेटी के मुख की ओर निहारती रहीं और बोलीं :

"लेकिन इसका नतीजा क्या होगा? क्या वह तुम्हें कमाकर खिला सकेगा?"

"मां, तुम इसकी चिन्ता न करो।" सविता मुस्कराई, "अव्वल तो मुझे भरोसा है कि वे स्वस्थ और समझदार हैं, जब गृहस्थ की ज़िम्मेदारी सिर पर आ पड़ेगी तो वे ज़रूर कमाएंगे, लेकिन मान लो कि वे नहीं भी कमाएंगे, तो मैं खुद कमाऊंगी, मुझे काम करना आता है। अब तक मर्द औरत को कमाकर खिलाता रहा है, इसमें क्या बुराई है कि अगर एक औरत भी अपने पति को कमाकर खिलाए।"

मां निरुत्तर हो गईं। लेकिन उनके मन में एक दूसरा विचार आया और वह बोलीं, "अपने पिता को जानती हो? जब वे सुनेंगे तो खाल खींच लेंगे।"

"वे खाल ही तो खींच सकते हैं, पर मेरे निश्चय को तो नहीं बदल सकते?"

सविता ने ये शब्द कुछ ऐसे स्वर में कहे थे कि उन्हें सुनकर मां का मन भय से भर गया और वे विक्षिप्त होकर आप ही आप बोलीं, 'है भगवान्, उस पगले को अपना दामाद बनाना कौन पसंद करेगा!'

"मां, तुम कल तक उन्हें बड़े दुलार और स्नेह से 'बेटा' कहकर पुकारती थीं, जिसे तुम बेटा कह सकती हो, उसे दामाद क्यों नहीं बना सकतीं…"

"चुप रहो, ज़िद्दी लड़की! तुम अपना सर्वनाश करके हंस सकती हो। मगर हम समाज और बिरादरी में अपनी नाक कटती देखकर कैसे हंस सकेंगे?"

और मां फूट-फूटकर रोने लगीं। आगत घटनाओं ने उन्हें आतंकित कर दिया। भय से उनका शरीर सूखे पत्ते के सदृश कांप रहा था।

जयदेव घर से बाहर निकला तो मारे प्रसन्नता के कदम धरती पर नहीं पड़ रहा था। उसे यों लग रहा था जैसे उसमें बिलकुल वज़न न हो और वह हवा में उड़ रहा हो। एक ही क्षण में यह क्या कायापलट हो गई, उसमें सोचने की बुद्धि ही न थी। वह सिर्फ प्रसन्न था और चल रहा था। काफी दूर यों ही चलता रहा। रास्ते में एक मोड़ आया। उस पर तनिक रुका और फिर दाईं ओर को घूमकर उसी वेग से चलने लगा।

तांगे, बसे, रिक्शा, फटफटियां, सभी गुज़र रहे थे, मगर उसे किसी-का ध्यान नहीं था। उसे किसी सवारी की ज़रूरत ही क्या थी? वह हवा के घोड़े पर सवार और वायु के वेग से उड़ता जा रहा था। उसे पंख उग आए थे और इन पंखों में इतना बल था कि वह उनपर उड़ते हुए दुनिया के एक छोर से दूसरे छोर तक पहुंच सकता था। वह अपने-आपमें मस्त बहुत देर तक चलता रहा। आखिर एक स्थान पर रुका और विवेकहीन-सा इधर-उधर देखने लगा। वह यहां क्यों आया? उसे क्या करना है?—वह यह भी निश्चित नहीं कर सका। वह नीचे झुका

और उसने रेत की एक मुट्ठी भरकर ऊपर उड़ा दी और फिर उसकी ओर यों देखने लगा जैसे वह कोई जादूगर हो और उसमें मिट्टी को भी पंख लगा देने की शक्ति हो।

मिट्टी में बोझ था, वह कण-कण नीचे गिर पड़ी और जयदेव की तन्द्रा टूटी।

वह अब उस स्थान पर खड़ा था जहां बैसाखी के दिन झूले गड़े थे और जहां सविता से उसकी पहली भेंट हुई थी। इस जगह की मिट्टी वास्तव में पूजने और सिर चढ़ाने योग्य थी। जयदेव ने अनजाने ही इस मिट्टी का सत्कार किया था।

अब वहां सुनसान था। चारों ओर धूल उड़ रही थी, लेकिन जयदेव के कल्पना-पट पर वह चित्र उभर आया, जब सविता ने मुस्कराकर कहा था—'कोई बात नहीं, अगर मैं पहले से तुम्हारी परिचित नहीं हूं तो अब जान-पहचान हो जाएगी।' फिर जयदेव ने उसके साथ झूला झूला था। वह कितना प्रसन्न था! उसकी छाती खुली हुई थी और वह परियों की कहानी का शहज़ादा बना हुआ था। कितनी मधुर थी वह स्मृति! यहीं से प्रेम का अंकुर फूटा था, जो अब पेड़ बन गया था। उसपर अब बहार आई थी, सुरभित कलियां खिली थीं और उनकी सुगन्ध उसके अंग-अंग में रम गई थी।

'मां, इन्हें कुछ न कहना, मैं इन्हें प्रेम करती हूं।'

—सविता के शब्द उसके कानों में गूंज उठे। उसकी मुखाकृति कितनी भयंकर थी! अगर मां एक शब्द आगे बोलती तो न जाने वह क्या कर बैठती! इसीलिए मां को कुछ कहने का साहस न हुआ, वह अवाक् बेटी के मुंह की ओर देखती रही थी। लेकिन यह सब हुआ कैसे! सविता जैसी चंचल और विलक्षणताप्रिय लड़की उसे प्रेम करेगी—जयदेव ने तो कभी इसकी स्वप्न में भी कल्पना नहीं की थी। पहले तो कभी ऐसा नहीं हुआ। सविता ने कभी प्रेम का संकेत तक नहीं किया। मगर आज आंखों की पुतलियां नाच रही थीं और सांस ज़ोर-ज़ोर से चल रही थी। फिर वह एकदम उचककर करीब आ खड़ी हुई……

जयदेव सविता के सामीप्य का अनुभव करने लगा। वह उसकी छातियों के उभार और आंखों के आकर्षण को स्मरण कर सिहर उठा। आज जो घटना घटी वह कितनी रोमांटिक थी! 'सिनेमा में ठीक ऐसा ही तो होता है,' उसने सोचा।

और सविता बार-बार कह रही थी, 'तुम किसी सिनेमा में काम करोगे.?' 'नायक बनोगे!' 'आजकल की प्रेम-कहानियों में नायक बुद्धू होता है। नायिका उसे प्रेम करना सिखाती है।' सविता जो मुख से कह रही थी, आंखों की भाषा उसके अतिरिक्त थी। आंखों की भाषा में शब्द नहीं होते, सिर्फ अर्थ होते हैं। उसे हृदय ही सुनता और हृदय ही समझता है। जब यह घटना घटी तो जयदेव आश्चर्य से अभिभूत था, लेकिन अब वह मन ही मन सविता के वाक्यों को दोहराकर उनका आनन्द ग्रहण कर रहा था और आंखों की भाषा का अर्थ हृदय में भर रहा था।

'क्या मैं वाकई बुद्धू हूं?' उसने अपने-आपसे पूछा और खिलखिला-कर हंस पड़ा।

"बाबूजी, नमस्कार!"

जयदेव ने पलटकर देखा तो एक युवक, जिसकी ठुड्डी पर कुछ बाल उगे हुए थे, जिसका सिर नंगा और घुटा हुआ था, और जिसने धोती पहन रखी थी, उसके करीब खड़ा था।

"नमस्कार!" जयदेव ने उसे सिर से पांव तक देखकर उत्तर दिया और पूछा, "कहो, क्या बात है?"

"मैं वहां घाट की दीवार के पास खड़ा आपको देख रहा था। आप बहुत देर से यहां खड़े हैं। पहले आपने आते ही मुट्ठी भर रेत ऊपर उछाली। फिर इधर-उधर देखने लगे और अब आप ही आप हंसने लगे। मैंने सोचा कि आप···"

"सौदाई तो नहीं।" जयदेव ने वाक्य पूरा किया और कौतूहल से उसकी ओर देखा। "ओह, तुम तो शास्त्रीजी हो। मुझे पहचाना कि नहीं? जब जमुना में बाढ़ आई थी तो मैं अपने एक मित्र के साथ

पानी देखने आया था। तुम हमें यहीं घाट पर मिले थे। उसके बाद फिर तो बाढ़ नहीं आई?"

"नहीं, आजकल तो जमुना बहुत उतरी हुई है। बाढ़ तो हमेशा बरसात में आती है।"

जयदेव बातें तो शास्त्रीजी की सुन रहा था, लेकिन सोच अपनी रोमांटिक घटना के बारे में रहा था। इसलिए उसने बिना विचारे अन्य-मनस्कता से कहा, "अच्छा, बाढ़ बरसात में ही आती है, पर आज-कल भी आ जाए तो?"

"बाबूजी, आप भी अजीब बातें करते हैं, भला आजकल बाढ़ कैसे आएगी—जब जमुना में इतना पानी ही नहीं? बिना पानी के बाढ़ कैसे आएगी?"

"आप सच कहते हैं शास्त्रीजी, बिना पानी के बाढ़ नहीं आती।" उसने शास्त्रीजी के कंधे को स्नेहपूर्वक थपथपाते हुए कहा, "खैर, छोड़िए इस बात को, यह बताइए कि आपने कभी प्रेम किया है?"

"बाढ़ के एकदम बाद प्रेम की बात—आखिर इन दोनों में क्या संबंध है?" शास्त्रीजी ने कुछ मुस्कराते और कुछ लजाते हुए कहा।

"सम्बन्ध तो शायद कुछ है और शायद न भी हो। खैर, सम्बन्ध को मारिए गोली। आपने कभी किसीसे प्रेम किया है?" वह आज स्वभाव के विपरीत वाचाल बना हुआ था और उसके मन से ये बातें आप ही आप फूट रही थीं। शास्त्रीजी को सकुचाते और लजाते देखकर उसने फिर कहा, "बताइए न। इसमें शरमाने की क्या बात है? प्रेम तो जीवन का···"

वह कोई सुन्दर और अनूठी उपमा देना चाहता था, पर उपमा उसे सूझी नहीं।

"रोग है।" उसे चुप देखकर शास्त्रीजी ने वाक्य पूरा किया।

"रोग है!" जयदेव चौंका, "शास्त्रीजी, यह आपने कैसी बात कही? प्रेम को जीवन का रोग कौन कहता है?"

"क्यों नहीं?" शास्त्रीजी झट बोले, "आपने यह दोहा नहीं सुना—

जो मैं ऐसा जानती, प्रीत किए दुख होय।
नगर ढिंढोरा पीटती, प्रीत न करियो कोय॥"

जयदेव स्तब्ध-सा शास्त्रीजी के मुख की ओर देखने लगा। वह दोहे के भाव से सहमत नहीं था। उसके लिए प्रेम में सुख ही सुख था। उसमें दुःख का लेशमात्र भी नहीं था। इसका प्रमाण वह खुद था। उसका हृदय आज जितना आनन्द और आह्लाद से प्रफुल्लित था, इतना पहले कभी नहीं था। अगर वह कवि होता तो प्रेम को परम सुख घोषित करता और नगर ढिंढोरा पीटता।

"कवि ने प्रेम के दुःख का कितना सजीव वर्णन किया है!" जयदेव को दोहे से प्रभावित देखकर शास्त्रीजी ने टीका शुरू की, "दुःख तो रोग में ही होता है। इसलिए साबित हुआ कि प्रेम भी एक रोग है।"

जयदेव ने दया और सहानुभूति से शास्त्रीजी की ओर देखा। उसे लगा कि इस आदमी की आत्मा प्रेम से रिक्त है। उसे दुःख और सुख का कुछ भी बोध नहीं है। उसके लिए ये शब्द निरर्थक हैं।

"मूर्ख!" जयदेव के मुख से सहज ही निकला और वह खिल-खिलाकर हंस पड़ा।

"आप मुझपर हंस रहे हैं? मुझे मूर्ख कहते हैं?" शास्त्रीजी ने चिढ़कर कहा।

"नहीं, नहीं, मैंने आपको मूर्ख नहीं कहा।"

"हां, हां, मुझे कहा है। यहां और कौन है? आपको बात करने तक की तमीज़ नहीं है। मैं कहे देता हूं कि आप खुद महामूर्ख हैं।"

—इतना कह और शास्त्रीजी बिना अभिवादन किए ही चल पड़े।

"सुनिए तो सही। आप तो खामखाह ही नाराज़ हो गए।" जयदेव ने विनीत स्वर में उन्हें पुकारा। मगर वे नहीं रुके। जयदेव उन्हें खड़ा देखता रहा। जब वे आंखों से ओझल हो गए तो उसने ज़ोर से कहा "महामूर्ख!" और खिलखिलाकर हंस पड़ा। आप ही आप हंसता रहा। यह हास्य नहीं, उन्माद था। उसके भीतर का उल्लास हंसी के रूप में

बाहर फूट निकला था। सिर्फ वही नहीं, सारा वातावरण खिलखिलाकर हंस रहा था।

वहां से वह घाट की ओर चल पड़ा। पंडे जो सुबह को दुकान सजाकर बैठते थे, भक्तों को चन्दन घिसकर लगाते थे और दक्षिणा लेते थे, अब मेंढकों की भांति इधर-उधर लेटे हुए ऊंघ रहे थे और कोई इक्का-दुक्का व्यक्ति इधर-उधर घूम रहा था। नहाने वालों की भीड़-भाड़ नहीं थी। जयदेव अपने ही विचारों में खोया हुआ था। उसके सामने सविता का वह चित्र उभर आया जब उसने उन्माद में भरकर उसके होंठों पर होंठ रख दिए थे। रमणी के कंवारे होंठों का स्वाद उसने जीवन में पहली बार चखा था। उसके स्मरणमात्र से आत्मा में अमृत-सा घुल रहा था। सविता के होंठों में कुछ ऐसी चीज़ थी जो जयदेव के होंठों पर चिपकी रह गई थी। शायद वह जीवन भर यों ही चिपकी रहेगी और उसके भीतर इस आनन्दमय स्वाद का संचार करती रहेगी।

वह इसी आनन्द और उन्माद में डूबा हुआ इधर-उधर घूमता रहा। जमुना शांत भाव से धीरे-धीरे बह रही थी। वह युग-युग से इसी प्रकार बह रही है, भारतीय गृहस्थ नारी की भांति। जब कभी इस जीवन से उकता जाती है तो मन में विद्रोह की भावना लिए बिफर जाती है और मर्यादा को फांदकर दूर-दूर तक फैल जाती है। इसका वह विद्रोही रूप बड़ा ही भयंकर होता है। स्वभावतः वह शांत भाव से बहती है और इस शांत रूप में बड़ी सुन्दर और प्यारी लगती है। जयदेव एक बुर्ज़ी पर खड़ा उसके इस शांत रूप को देख रहा था। उसके मन में आया कि सब कपड़े उतारकर फेंक दे और जमुना के वक्षस्थल पर लेट जाए और उसके प्रवाह में सहज भाव से बहता चला जाए।

उसने दूर क्षितिज पर देखा। आकाश निर्मल और स्वच्छ था। जमुना के दोनों किनारों पर हरे-हरे पेड़ थे। और उनमें से पिघली हुई चांदी जैसी सफेद जलधारा बल खाती हुई चली आ रही थी। शाम का समय था। सूर्य डूब रहा था और उसकी किरणें जल में प्रतिबिम्बित हो रही थीं। पिघली हुई चांदी में लालिमा घुल-मिल गई थी और उसके साथ

बहती चली आ रही थी। यह दृश्य कितना मोहक था! जयदेव ने एक भरपूर दृष्टि दूर तक डाली। उसका हृदय आनन्द से झूम उठा। दिन भर के थके-मांदे पंछी घोंसलों में बसेरा लेने के लिए लौट रहे थे। इस खुले वातावरण में नीले विस्तृत प्रकाश के नीचे पंछी बनकर उड़ने में भी कितना मज़ा था!

क्षितिज पर रक्तिम आभा छा गई और सूरज डूब गया। पूर्व-पश्चिम और उत्तर-दक्षिण का कोई ज्ञान नहीं था। चारों दिशाओं को इस रक्तिम आभा ने अपने आंचल में ढांप लिया था। धीरे-धीरे यह रक्तिम आभा भी लुप्त हो गई और अंधेरा बढ़ने लगा। जयदेव शान्त और अचल खड़ा इस अंधेरे में झांकता रहा और चारों तरफ छाई नीरवता में किसी मधुर संगीत की तान सुनता रहा। उसकी अन्तरात्मा में भी एक मधुर संगीत मुखरित हो उठा था और उसे बाहर और भीतर में एक अद्भुत सामंजस्य का अनुभव हो रहा था···

जब वह लौटा तो रात काफी गुज़र चुकी थी। बम्बई से आए हुए उसके मित्र ने पूछा :

"किधर चले गए थे? मैं तो छः बजे से तुम्हारा इन्तज़ार कर रहा हूं।"

"जमुना पर घूमने चला गया था।"

"इतनी देर वहीं घूमते कर दी?"

"हां"

"अच्छा, बम्बई चलने के लिए तैयार हो न? सुबह आठ बजे गाड़ी छूटेगी।"

"नहीं।" जयदेव एक खास अन्दाज़ से सिर हिलाते हुए बोला, "अब तुम्हारे साथ नहीं जाऊंगा।"

"क्यों?" मित्र ने कौतूहल और आश्चर्य में भरकर पूछा।

"अब यहीं एक फिल्म में अभिनय करने का कंट्रैक्ट हो गया है।" जयदेव ने उत्तर दिया और खिलखिलाकर हंस दिया।

"फिल्म में कंट्रैक्ट! क्या मतलब?" मित्र ने पूछा।

"मतलब फिर समझाऊंगा। पहले रोटी खा लें। बड़ी भूख लगी है।"

मित्र ने होटल के बैरे को बुलाकर भोजन मंगवाया। दोनों ने बैठकर खाया और साथ ही साथ जयदेव ने 'कंट्रैक्ट' की बात कह सुनाई।

"तब ठीक है।" मित्र सारी बात सुनकर बोला और जयदेव का हाथ अपने हाथ में लेकर ज़ोर से दबाते हुए कहा, "तुम्हें और उन्हें मेरी ओर से बधाई!"

बाबू दीनानाथ ने जब सुना कि सविता ने जयदेव से विवाह करने का निश्चय किया है तो उन्हें ऐसा लगा जैसे उनके सिर पर किसीने भारी पत्थर दे मारा है। उनकी विचारशक्ति शिथिल हो गई। वे काफी देर तक गुमसुम बैठे रहे जैसे कुर्सी के साथ वे जुड़ गए हों। यह विश्वास करना कठिन हो रहा था कि जो कुछ उन्होंने सुना है वह सच है। उन्होंने पत्नी की ओर यों देखा जैसे स्वप्नावस्था से जाग रहे हों और विक्षुब्ध मन से बोले, "यह तुम क्या कह रही हो?"

"मैं ठीक कह रही हूं और बेटी के हठ को तुम जानते ही हो।"

"मैं उसके हठ को जानता हूं तो उसे भी मेरा क्रोध मालूम है। सारा हठ एक मिनट में निकल जाएगा। मैं उसका सिर मूंडकर और मुंह पर कालिख मलकर घर से निकाल दूंगा। यह कैसे हो सकता है कि इस आवारा कुत्ते से मैं उसका ब्याह करूं?" वे क्रोध से कांप रहे थे।

"मगर वह तो कहती है कि मैं अब जवान और बालिग हूं। मुझे अपना पति चुनने का अधिकार प्राप्त है।" उनकी पत्नी सावित्री ने कहा।

"अधिकार, अधिकार! क्या बकवास है?"

बाबू दीनानाथ झल्लाकर बोले, "ये लड़कियां दो अक्षर क्या पढ़ जाती हैं, इनका दिमाग ही आसमान पर चढ़ जाता है। अधिकार, अधिकार

की रट लगाती हैं मगर यह नहीं समझतीं कि माता-पिता के प्रति भी इनका कुछ कर्तव्य है। क्या हमने उसे इसीलिए इतने लाड़-प्यार से पाला था कि बिरादरी में हमारी नाक कटवाए?" उन्होंने ज़ोर से धरती पर पांव पटका और फिर कुर्सी से उठकर बैठक के उस दरवाज़े की ओर बढ़े जो घर के भीतर आंगन में खुलता था। "मैं अभी उसे बुलाता हूं और पूछता हूं कि तुम्हारे इस अधिकार का मतलब क्या है?"

"ज़रा ठहरो," पत्नी ने उन्हें रोका, "मन को शान्त करके कोई ऐसा उपाय निकालो कि सांप भी मर जाए और लाठी भी न टूटे। वह इस प्रकार नहीं मानेगी। बात बिगड़ गई तो खामखाह जग हंसाई होगी।"

बाबू दीनानाथ क्रोध में होते थे तो किसीकी कुछ नहीं सुनते थे। पत्नी समझाती थी तो उसपर बरस पड़ते थे। अब भी पलटकर बोले, "यह सब तुम्हारा किया-धरा है। तुम्हींने लड़की को चौपट किया है।"

"मैं तो पहले ही जानती थी कि तुम सारा दोष मेरा ही बताओगे। जरा सुनूं तो सही कि मैंने क्या किया है?"

"बेटी की देखभाल करना और उसे सीख देना तुम्हारा ही काम था। मुझे क्या पता कि घर में क्या हो रहा है। तुमने उसे इतनी छूट दी ही क्यों? पराए लड़के के साथ इस प्रकार घूमने-फिरने ही क्यों दिया?"

"मैं क्या उसे सांकल डालकर रखती? समय-समय की बात है। आजकल सभी लड़कियां आज़ादी से घूमती-फिरती हैं, वह भी चली जाती थी। उस वक्त तो तुम भी बड़े प्यार से कहते थे, 'सुनाओ बेटा जयदेव! आज किधर घूमने जाने का इरादा है?' अब सारा दोष मेरा ही बता रहे हो!"

बाबू दीनानाथ एक मिनट मौन रहकर अपना होंठ काटते रहे और फिर बोले, "मगर मुझे क्या पता था कि वह पढ़-लिखकर भी इतनी नादान है कि इस मूर्ख पर रीझ जाएगी।" बाबू दीनानाथ रुके। उन्हें धक्का-सा लगा। जयदेव को 'मूर्ख' कहना उन्हें खुद अप्रिय लगा और तनिक नर्म होकर बोले, "आखिर उसने इतना तो सोचा होता कि जो आदमी अपना ही पेट नहीं पाल सकता, वह उसे कहां से खिलाएगा।

और जब वह भीख मांगती फिरेगी तो उसका बाप किसीको क्या मुंह दिखाएगा? क्या तुम इतनी-सी बात उसे नहीं समझा सकती?"

"मैं तो समझाकर हार गई। तुम तो बड़े अक्ल वाले बने फिरते हो, खुद क्यों नहीं समझा लेते?"

"मैं जब समझाने पर आऊंगा तब तुम भी आंखों पर हाथ घरकर रोओगी।"

"बस, इसी अक्ल पर मान करते हो? लड़के को समझाकर देख लिया। बेचारा घर छोड़कर भाग गया। तुम्हारी परछाईं तक से डरता है। अब बेटी को भी उसी ढंग से समझाओगे तो दुनिया क्या कहेगी?"

बाबू दीनानाथ कुछ बोले नहीं, धम से कुर्सी पर बैठ गए और सिर पकड़कर सोचने लगे। 'लड़का घर से भाग गया'—कहकर पत्नी ने उनकी दुखती रग पर हाथ रख दिया था।

बात यों थी कि बलदेव जब दस-बारह साल का था तो वह एक दिन घर से भाग गया था। बहुत ढूंढने पर भी दो-तीन महीने उसकी कोई खोज-खबर नहीं मिली थी। सावित्री रो-रोकर दीवानी हो गई थी। वह रात को सोते-सोते हड़बड़ाकर उठती और 'बेटा बलदेव' कह-कर अंधेरे में हाथ फैला देती और उसे सस्नेह सीने से लगाने के लिए आकुल हो उठती। बाबू दीनानाथ भी कुछ कम परेशान नहीं थे। बलदेव उनका इकलौता बेटा था। उसे खोकर उनकी दुनिया सूनी हो गई थी। ज्योतिष में उनका विश्वास बिलकुल नहीं था, फिर भी ज्योतिषियों के पीछे भागते फिरते थे। कहीं भी कोई अच्छा ज्योतिषी और सिद्ध बता देता उसीसे जाकर पूछते, "बलदेव कहां है? किस हालत में है? कब घर लौटेगा?" ज्योतिषी के एक निश्चित तिथि बता देने पर उन्हें कुछ सांत्वना मिलती, पर जब उस तिथि को भी बेटा घर न आता तो वे और भी आकुल और उद्विग्न हो उठते।

"जब रेडियो और अखबारों में खबरें निकलवाकर कुछ नहीं बना तो इन ज्योतिषियों के बताए क्या बनेगा? सब झूठे हैं! दुःख और विपत्ति

से हताश लोगों को कपट से ठगते हैं।" वे व्यथित स्वर में पत्नी से कहते।

"तुम्हारी कल कल ने जवान लड़का हाथ से खो दिया!" सावित्री कठोर होकर उत्तर देती, इतना कहती थी कि बच्चे को यों डांटना-डपटना ठीक नहीं है। पर तुम तो उसे विवेकानन्द, भगतसिंह और न जाने क्या कुछ बना देना चाहते थे।

बाबू दीनानाथ का पिता एक गरीब आदमी था; मामूली खोंचा लगाता था। उसमें यह सामर्थ्य नहीं थी कि बेटे को ऊंची शिक्षा दिला सकता। बाबू दीनानाथ ने अपनी मेहनत से बी०ए० पास किया था और तरक्की करके अफसर बने थे। इस सफलता ने उन्हें, महत्त्वाकांक्षी और अहंवादी बना दिया था। अपने बेटे बलदेव से भी उन्होंने बड़ी आशाएं लगा रखी थीं। जब वह बच्चा था, तभी उसे लोरी देते हुए कहा करते थे, 'मेरा लड़का विवेकानन्द बनेगा, गांधी बनेगा और दुनिया में बड़े-बड़े काम करेगा।' जब बलदेव स्कूल में पढ़ने लगा तो उन्हें यह देख-कर बड़ा दुःख हुआ कि उनका लड़का मन्दबुद्धि विद्यार्थी है और परीक्षा में नम्बर कम लेता है। वे उसे घर पर पढ़ाते और जब बलदेव उनके किसी प्रश्न का उत्तर न दे सकता अथवा पाठ भूल जाता तो वे क्रोध में भरकर उसे डांटते हुए कहते, "तुम्हें क्लर्क नहीं, अफसर बनना है। ध्यान से पढ़, वरना देख, आता है चपत।" और सचमुच चपत रसीद कर देते। बलदेव जड़ और अचेत भावभंगिमा से उनकी ओर देखने लगता तब वे और भी झुंझला उठते, "उल्लू बना मेरी ओर क्या देखता है! किताब क्यों नहीं देखता!"

सावित्री बीच में पड़कर कहती, "तुम इसे नहीं पढ़ा सकते। खामखाह झुंझला उठते हो। इसके लिए कोई मास्टर रख दो।" वे पत्नी पर बरस पड़ते, "मैं उसे समझाता हूं, तुम बीच में क्यों बोलती हो? मास्टर क्या नहीं रखा? उससे पढ़े तब न!" मास्टर उन्होंने ज़रूर रखा था और तीन-चार बार रखा था मगर वे अपने बेटे को योग्य बनाना चाहते थे और मास्टर पर उन्हें कुछ अधिक भरोसा नहीं था। इसलिए जब मास्टर पढ़ा रहा होता तो वे कई बार यह जांच

करने चले आते कि बच्चे ने पढ़ाई में कितनी तरक्की की है। इस जांच में कभी वे मास्टर को पढ़ाने का तरीका समझाते और कभी बलदेव को डांटते कि वह ध्यान से क्यों नहीं पढ़ता। नतीजा यह होता कि या तो मास्टर आना छोड़ देता था या बलदेव ज़िद पकड़ लेता कि मैं इस मास्टर से नहीं पढ़ूंगा।

फिर बाबू दीनानाथ खुद पढ़ाना शुरू करते थे और फिर डांट-डपट शुरू होती थी। वे जितना डांटते थे बलदेव उतना ही मूढ़ और मंदबुद्धि होता जा रहा था। आखिर इसी डांट-डपट से तंग आकर वह घर से भाग गया था।

जब मां-बाप उसकी ओर से बिलकुल निराश और हताश हो चुके थे तो एक दिन दूध वाला उसे अचानक कहीं से पकड़कर घर लाया। सावित्री सस्नेह उससे लिपट गई और फूट-फूटकर रोने लगी। वह जितना उसकी दुर्दशा को देखती थी, आंसू उतने ही अधिक आते थे। मातृ-स्नेह का यह करुण दृश्य देखने के लिए अड़ोस-पड़ोस के लोग जमा हो गए थे। बलदेव की हालत पर सभी को दया आ रही थी। सिर के बाल उलझ गए थे। कपड़े चीथड़ों जैसे और कीचड़ की तरह गंदे हो गए थे। बांहों और टांगों पर मन-मन भर मैल जम गई थी और पांव सूज गए थे। बम्बई, सहारनपुर, मेरठ जाने कहां-कहां घूमता हुआ वह फिर दिल्ली लौट आया था, लेकिन घर वापस अब भी नहीं आना चाहता था। दूध वाले ने उसे स्टेशन के पास घूमते पहचान लिया था और ज़बर्दस्ती पकड़कर घर ले आया था।

बलदेव फिर पढ़ने लगा था और बाबू दीनानाथ ने उसके प्रति अपना रवैया कुछ बदल दिया था। वह अब डांटते-डपटते नहीं थे, बल्कि स्वर को मधुर बनाकर समझाया करते थे, "बेटा, ध्यान से पढ़ोगे तो इसमें तुम्हारा ही भला है। नहीं पढ़ोगे तो भीख मांगते फिरोगे।" बलदेव के कानों में विष-सा घुस जाता। इन शब्दों में उसे स्नेह के बजाय पितृ-सत्ता की हुंकार सुनाई देती, जैसे वे कह रहे हों—अगर तुमने मेरा कहना न माना तो ज़िन्दगी भर ठोकरें खाओगे और भीख

मांगते फिरोगे। वह सोचता कि मुझे घर से भागने के बाद की दुर्दशा याद दिलाई जा रही है। हृदय को बिच्छू का डंक-सा चुभ जाता। उसका जी रोने को करता। मन उसे धिक्कारता, 'तू घर क्यों लौट आया? जब गया तो गया। बेहतर था, इधर-उधर भटकते मर जाता।'

एक बार छुट्टियों में वह अपने मामा के साथ ननिहाल चला गया। मामा उदार व्यक्ति था। वहां रहना उसे अच्छा लगा। माता-पिता के लाख बुलाने पर भी वह घर नहीं आया। वहीं उसने मैट्रिक पास किया और फिर नौकरी कर ली। उसके बाद शादी हो गई और वह पत्नी को साथ लेकर अलग रहने लगा। ज़रूरी काम पड़ जाए तभी घर आता और आने पर भी पिता से दूर-दूर रहता। उनसे बोलते-बुलाते उसे भय लगता था।

सविता बलदेव से छह-सात वर्ष छोटी थी। जब वह घर से भागा तो सविता नन्ही बालिका थी। बाबू दीनानाथ उसे बांहों से पकड़कर झूला झुलाया करते थे और उसकी नन्ही-नन्ही बातें सुनकर मन बहलाते थे। जब वह कुछ बड़ी हुई तो बलदेव मामा के पास जाकर रहने लगा था। वे उसके जाने का कारण समझते थे और उसके लिए अपने को ही दोषी ठहराते थे। जितना इस घटना पर विचार करते उतना ही उनका मन दुःख और विषाद से भर जाता और वे अपने-आपसे पूछते, 'क्या मैं वाकई इतना बुरा हूं कि मेरा अपना बेटा मेरी शक्ल तक देखने का रवादार नहीं।' शायद वे अपने-आपको एक अच्छा और आदर्श पिता सिद्ध करने के लिए ही बेटी को अधिकाधिक प्यार करते रहे। सविता को उन्होंने कभी स्वप्न में भी कठोर शब्द नहीं कहा और उसकी स्वच्छन्दता में किसी प्रकार की बाधा नहीं डाली। उन्हें यह देखकर प्रसन्नता होती थी कि सविता विचारशील और स्वाभिमानिनी है। वे बेटे को जो प्यार और स्नेह नहीं दे पाए थे, वह बेटी को देने की चेष्टा करते रहे थे, इसीलिए वह स्वभाव और आचरण में बेटे से चतुर और सुशील है और जिस घर में भी वह जाएगी आदर और सम्मान पाएगी।

बेटी से उन्होंने जो स्नेह का व्यवहार किया था वह एक तरह से

पश्चात्ताप था। बेटे के हाथ से निकल जाने का उन्हें दुःख था, इससे उनकी आत्मा में जो स्थान रिक्त हो गया था, वे जो स्नेह करते थे उसके बदले में बेटी से भी स्नेह और आदर पाकर इसे भर लेना चाहते थे। इसके लिए उन्हें बड़े संयम और आत्म-निग्रह से काम लेना पड़ता था। क्रोध कभी आता था तो उसे पत्नी पर उतारते थे, लेकिन सविता को कभी कुछ नहीं कहते थे। जिस प्रकार बिल्ली अपने तेज़ नाखूनों को अपने नर्म-नर्म पंजों में छिपाए रखती है, उसी प्रकार वे अपने दम्भ को बेटी के स्नेह में छिपाए रखते थे। और उसके स्वाभिमान में अपने स्वाभिमान की पूजा करते थे। इससे उनके मन में एक और भ्रम उत्पन्न हो गया था। वे समझने लगे थे कि यही मेरा वास्तविक चरित्र है। मैं आधुनिक विचारों का आदर्श पिता हूं। अपनी संतान को शिक्षित, स्वाधीन और स्वाभिमानी बना देना ही मेरे जीवन का ध्येय है। बेटे ने मुझे गलत समझा है। अगर मैं उसे कभी डांटता-डपटता था तो उसके हित के लिए। इससे मेरा अपना कोई स्वार्थ नहीं था।

मगर जब आज उन्होंने सुना कि सविता ने जयदेव से ब्याह करने का निश्चय किया है तो जैसे रबड़ की गेंद में सुराख हो जाने से हवा निकल जाती है और उसका एक भाग पिचक जाता है, उसी प्रकार उनके अहं में छेद हो गया और वह रिक्त स्थान जिसे वे बेटी को अपने में बांधकर भरते रहे थे, पहले से कहीं अधिक रिक्त हो गया। सविता उन्हें अपने से दूर—बहुत दूर खड़ी दिखाई दी, जिस बेटी को वे अपनी छाती पर चढ़ाकर नचाते रहे हैं, वह पिता के प्रति अपना कुछ भी कर्तव्य नहीं समझती—इस बात को समझना और उसपर विश्वास करना उन्हें असह्य हो उठा।

"अगर मैं उसे प्यार से समझाऊं, क्या वह तब भी सहीं मानेगी?" उन्होंने आकुल और व्यथित दृष्टि से पत्नी की ओर देखते हुए पूछा।

"नहीं……"

यह 'नहीं' कितना भयंकर था। बाबू दीनानाथ के भीतर का

शून्य और बढ़ गया। वे वज्राहत की भांति निश्चल बने रहे। उन्होंने पत्नी के मुख पर से आंखें हटा लीं। उसकी ओर देखने और उससे कुछ पूछने का उनमें साहस नहीं था। वे दीवार पर लगे स्वामी दयानन्द के चित्र की ओर देख रहे थे।

"बेहतर यह है कि तुम इस बारे में अनजान बने रहो।"

"अनजान बना रहूं?" उन्होंने स्तब्ध होकर पूछा।

"हां।"

"जो कुछ वह चाहती है होने दूं?"

"नहीं।"

"फिर क्या करने को कहती हो? बतातीं क्यों नहीं?" बाबू दीना-नाथ झुंझला उठे।

"उसे भाई के पास भेज दो।" सावित्री ने शान्त मन से कहा।

"भाई यानी बलदेव के पास भेज दूं?"

"हां, बलदेव के पास।"

"वह चली जाएगी?"

"हां, चली जाएगी। लेकिन अगर उसे मालूम हो गया कि ब्याह की बात टालने के लिए भेजा जा रहा है तो नहीं जाएगी।"

"तो फिर कैसे जाएगी?"

"तुम चुपके से बलदेव को खत देकर यहां बुलाओ। वह सविता से कहेगा कि तुम्हारी भाभी ने तुम्हें बुलाया है। चलो, कुछ दिन हमारे पास रहना। बहन-भाई में बड़ा प्यार है, उसकी बात नहीं टालेगी।"

"फिर क्या होगा? क्या बलदेव और भाभी के कहने से वह मान जाएगी।"

"नहीं, इस विषय में उससे किसीके कुछ कहने की ज़रूरत नहीं। उसके सिर पर व्यर्थ की सनक सवार हो गई है। कुछ दिन इस पगले से दूर रहेगी। अपना भला-बुरा सोचेगी तो अपने-आप ही सीधे रास्ते पर आ जाएगी।"

पत्नी की बात सुनकर बाबू दीनानाथ के सीने से बोझ-सा

हट गया और वे मुस्कराकर बोले, "मैं बलदेव को अभी तार देता हूं।"

सविता को भाई के पास आए दो सप्ताह से अधिक हो गए। पंजाब में ननद-भावज का प्रेम मशहूर है। इस निश्छल प्रेम के आधार पर कितने ही लोकगीतों की रचना हुई है, जिन्हें गाते हुए हृदय आनंद से झूम जाता है। दरअसल प्रेम पंजाब का स्वभाव है। हीर-रांझा, सस्सी-पुन्नू, मिर्ज़ा-साहिबां, सोहिनी-महिवाल और न जाने कितनी प्रेम-कहानियां उसली खाक में दफन हैं। प्रेम पंजाबी लड़की को घुट्टी में मिलता है। वह माता-पिता से प्रेम करती है, भाई-बहन, सखी-सहेलियों से प्रेम करती है, ब्याह से पहले रोमांस भरे गीतों के माही से प्रेम करती है और ब्याह के बाद पति से और ननद-देवर से प्रेम करती है। प्रेम उसके जीवन का अभिन्न अंग है। सविता की भाभी निर्मल गंदगी रंग और मंझले कद की हंसमुख रमणी थी। उसने सविता को सिर्फ ब्याह में देखा भर था और ब्याह के फौरन बाद पति के साथ अलग रहने लगी थी। ननद के साथ हंसने-खेलने का चाव मन में ही रह गया था। बलदेव जब दफ्तर चला जाता तो उसे घर सूना-सूना लगता। तब उसे सविता की याद आती और उसने कई बार बलदेव से सविता को अपने पास बुला लेने का आग्रह भी किया। लेकिन वह पत्नी की बात सदा यह सोचकर टाल देता था कि मैंने लिख़ा और पिताजी ने भेजने से इन्कार कर दिया तो उससे मन को कष्ट होगा। उसे पिता पर कभी भरोसा नहीं हुआ और वह उनसे अपनी बात क़हते सकुचाता था।

अब सविता अचानक आ गई थी तो निर्मल बड़ी ख़ुश थी। उसे अचानक घर भरा-पूरा जान पड़ता था। उसके गृहस्थ-जीवन में आनन्द की लहर-सी दौड़ गई थी।

"सविता, तुम तो एकदम कुछ की कुछ हो गई हो, मुझसे भी बड़ी

लगती हो!" जब सविता आई तो निर्मल पहले तो उसे चकित हो खड़ी देखती रही और फिर आंखों में कौतूहल भरकर बोली।

"भाभी, कद में तो मैं तुमसे पहले भी बड़ी थी, वह अब भी हूं। छोटी कैसे हो जाती?" सविता ने मुस्कराकर उत्तर दिया और भाभी को पकड़कर गले लगा लिया। वह वाकई उसके कंधे तक आती थी।

"रही उम्र की बात," वह फिर बोली, "उसमें मैं तुमसे छोटी हूं और छोटी ही रहूंगी।"

"बात बनाने में बड़ी चतुर है मेरी ननद।" निर्मल ने एक विलक्षण दृष्टि सिर से पांव तक सविता पर डाली और फिर संयत स्वर में कहा, "कद और उम्र की बात मैं नहीं कह रही। तुम्हारी मुखाकृति में भारी परिवर्तन जान पड़ता है, मैं उसीकी बात कह रही हूं।"

"वह परिवर्तन क्या है? ज़रा मैं भी तो सुनूं।" सविता ने चौंककर कहा।

"जब तुम्हें पहले देखा था तो तुम चपल और यौवन में मतवाली बालिका-सी थीं। अव तुम नारी हो। तुम्हारी आंखों में और तुम्हारे मुख पर प्रौढ़ता है। लगता है कि तुम समय से पहले ही बदल गई हो।"

'क्या कोई समय से पहले भी बदलता है? नहीं, कोई नहीं।' सविता ने धीमे और अस्फुट स्वर में स्वयं से कहा और फिर आंखें ऊपर उठाकर निर्मल से बोली, "भाभी, मनुष्य के बदलने का कुछ अजीब ही सिल-सिला है। इसका कोई खास समय नहीं। कुछ लोग सारी उम्र बच्चे बने रहते हैं। उन्हें प्रौढ़ता का कभी एहसास ही नहीं होता। कुछ क्षण ऐसे होते हैं जो अपने साथ एक विशेष संकल्प लिए होते हैं जो व्यक्ति इस संकल्प को अपने जीवन में धारण कर लेता है, वह उसी क्षण बदल जाता है। क्षण आगे-पीछे कभी भी आ सकते हैं। उन्हें पहचानना मात्र होता है।

एक क्षण मौन का बीता। निर्मल निश्चल और शांत खड़ी रही और फिर बोली, "मैं न इतना पढ़ी हूं और न मुझमें इतनी बुद्धि है कि तुम्हारी इन बातों को समझूं। मुझे तो इन आंखों ने जो कुछ

बताया उसीपर विश्वास करके तुम्हें कह दिया। वरना हमारे-जैसे मोटी बुद्धि के लोग न किसी क्षण को जानते-पहचानते हैं और न कोई संकल्प ही धारण करते हैं।"

"ऐसी बात नहीं भाभी। बिना संकल्प के जीवन नहीं चलता। अधिकांश लोग क्षण को भले ही न पहचानें, पर संकल्प को अवश्य धारण करते हैं।...." सविता कहते-कहते रुकी। निर्मल की भावभंगिमा से उसे लगा कि उसकी बात दर्शन से बोझिल और गंभीर हो गई है और अधिक फैल गई है। वह उसके क्षेत्र को सीमित करके बोली, "तुम अपनी ही ओर देखो। क्या तुम वही हो जो ब्याह के समय थीं। उस समय नव-यौवना दुलहिन थीं और अब गृहिणी बनी हुई हो। तुम्हारे मुख पर भी प्रौढ़ता की छाप है और आंखों में आत्मविश्वास का गौरव है।"

बात सत्य थी, निर्मल के मन को लगी और वह खिलखिलाकर हंस पड़ी। सविता ने भी हंसी में उसका साथ दिया।

न निर्मल ने यह पूछा कि तुमने जीवन में कौन-सा संकल्प धारण किया है और न सविता ने उसकी व्याख्या की। बात सहज स्वभाव से शुरू हुई थी और सहज स्वभाव से ही समाप्त हो गई। अलबत्ता जब बलदेव दफ्तर से लौटा तो निर्मल ने उससे कहा, "सविता तो अब ब्याह के योग्य हो गई।"

"क्यों, क्या इसके बारे में कोई बात हुई थी?" बलदेव ने स्तब्ध होकर पूछा।

"नहीं, मैं तो अपने मन से वैसे ही कह रही हूं।"

बलदेव शांत हो गया। उसने सविता के यहां आने का कारण पत्नी से नहीं बताया क्योंकि मां ने बताने से मना कर दिया था।

"कोई लड़का है निगाह में?" बलदेव ने मुस्कराकर पूछा।

"लड़का!" निर्मल ने एक मिनट सोचा और फिर बोली, "इन्द्र-जीत कैसा रहेगा? मेरा तो खयाल है कि घर-वर दोनों अच्छे हैं, अगर वे लोग मान जाएं। तुम पूछ देखो।"

बलदेव चुपचाप रहा। वह इस बारे में गम्भीर नहीं था। उसने तो

कहने को यों ही एक बात कही थी। वरना सविता के लिए वर ढूंढना उसने अपना उत्तरदायित्व कभी नहीं समझा और न अब समझने के लिए तैयार था। लेकिन पत्नी के मुंह से सहसा इन्द्रजीत का नाम सुनकर उसके मन में सहसा यह विचार आया कि अगर सविता को इन्द्रजीत पसन्द आ जाए, और वह अवश्य आ जाएगा, तो जो समस्या मां-बाप को परेशान किए हुए है, उसका सहज में समाधान हो सकता है।

"निर्मल, तुमने ठीक कहा। घर-वर दोनों अच्छे हैं। इन्द्रजीत की बात मेरे दिमाग में तो कभी न आती। चिराग लेकर भी ढूंढे तो हमें ऐसा लड़का नहीं मिलेगा। पर तुम चुप रहना। सविता दस-बीस दिन यहां रह लेगी। अपनी आंखों देख लेगी, उससे हिल-मिल जाएगी। तब तुम मुझे उसके मन की टोह लेकर बताना कि उसकी अपनी क्या राय है।"

"हमारे मन की टोह तो किसीने नहीं ली। ज़बर्दस्ती तुमसे सम्बन्ध जोड़ दिया।" निर्मल ने आंखों में कौतूहल भरकर पति से परिहास किया।

बलदेव मुस्कराया। उसने पत्नी के चेहरे पर आंखें गड़ाकर पूछा, "सम्बन्ध बुरा तो नहीं रहा?"

"बात भले-बुरे की नहीं, मन की है। बुरा तो यह भी नहीं रहेगा।"

"यह मैं जानता हूं कि बुरा नहीं रहेगा। लेकिन जो ज़बर्दस्ती तुम्हारे साथ हुई, वह हम सविता के साथ नहीं कर सकेंगे।"

"ओहो, बहन इतनी लांडली है।"

"लाडली तो खैर वह है।" बलदेव ने गम्भीर होकर कहा, "लाडली तो निर्मल तुम भी कुछ कम नहीं थीं। बात सिर्फ लाडली होने की नहीं। वह कुछ अलग मिट्टी से बनी है।"

इसी समय दरवाज़े पर दस्तक हुई।"

"लो इन्द्रजीत आ गया।" निर्मल बोली।

"हां, वही है।" बलदेव ने उत्तर दिया और फिर ऊंचे स्वर में कहा, "आ जाओ, दरवाज़ा खुला है।"

गोरे रंग का एक स्वस्थ नौजवान अन्दर आया। सविता भी कौतूहल और उत्सुकता से भरी कमरे से बाहर निकल आई। "मेरे मित्र, इन्द्रजीत और मेरी बहन, सविता," कहकर बलदेव ने दोनों का परिचय कराया और दोनों ने नमस्ते से एक-दूसरे का स्वागत किया।

इन्द्रजीत की उम्र बाईस-तेईस साल की थी। पिता ने जुराबें बुनने की मशीनें लगा रखी थीं। उसने पिछले साल बी० ए० पास किया था और अब, हौज़री में पिता का काम देखता था। बलदेव से उसकी गहरी मित्रता थी। जब वह दफ्तर से लौटता तो इन्द्रजीत भी घर से निकल आता। दोनों मित्र घूमने जाते। कई बार निर्मल भी उनके साथ होती। आज जब वे घूमने चले तो निर्मल ही नहीं सविता भी साथ थी। चारों जने टहलते हुए बूढ़े दरिया के किनारे जा पहुंचे। दरिया का पाट थोड़ा था और पानी भी कम था और उसमें बड़े-बड़े डंठलों वाली घास उगी हुई थी। लकड़ी का पुल पार करके वे दूसरी ओर चले।

"दरिया का नाम बूढ़ा क्यों है? क्या यह सदा से बूढ़ा है? या नाम अभी पड़ा है?"

—बातों-बातों में सविता ने पूछा। पहले तो सब हंसे। स्त्रियों के साथ पुरुषों और पुरुषों के साथ स्त्रियों को हंसने में विशेष आनन्द प्राप्त होता है। और वे साधारण बात पर भी कुछ अधिक हंस लेते हैं।

"दरिया तो कभी बूढ़ा नहीं होता," हंस लेने के बाद इन्द्रजीत ने कहा, "इस बेचारे में पानी थोड़ा है और बाढ़ भी शायद कभी नहीं आती। शायद इसीलिए किसी मनचले ने इसका नाम व्यंग्य से बूढ़ा रख दिया है।"

एक बार फिर सब खिलखिलाकर हंसे।

वे इसी प्रकार हंसते-बोलते किनारे-किनारे काफी दूर निकल गए और शाम होने के बाद घर लौटे।

अब वे अक्सर घूमने जाते थे और कभी-कभी एक साथ सिनेमा देखते थे। इन्द्रजीत बलदेव की अनुपस्थिति में घर आ जाता था तो सविता मुस्कराकर उसका स्वागत करती थी। वह उसके भाई का अभिन्न मित्र

था, इसलिए उसका आदर-सम्मान करना वह अपना कर्तव्य समझती थी और एक आत्मीय व्यक्ति के सदृश निस्संकोच उससे मिलती थी। निर्मल जान-बूझकर उन्हें आपस में मिलने का और एकांत में बातें करने का अवसर देती थी। आठ-दस दिन बाद यों ही ज़िक्र छिड़ जाने पर निर्मल ने सविता से पूछा, "इन्द्रजीत के बारे में तुम्हारी क्या राय है?" सविता ने यह अप्रत्याशित प्रश्न सुनकर भाभी के मुख की ओर देखा और फिर संयत स्वर में कहा, "अच्छा लड़का है। जैसा वह शरीर से सुंदर और स्वस्थ है, उतना ही हृदय का भी शिष्ट है।"

निर्मल मन ही मन प्रसन्न हुई और सविता को ओर देखकर मुस्कराई। सविता को यह हंसी विचित्र लगी और काफी देर तक इस बारे में सोचती रही। अन्त में उसने इसे भाभी का मज़ाक समझकर नज़रंदाज़ कर दिया।

पिछले इतवार को वे सब सतलुज नदी पर पिकनिक के लिए गए। खाने-पीने की सामग्री साथ ले गए थे। सारा दिन सतलुज की रेत में गुज़ारा। कुछ देर ताश खेली, फिल्लौर का पुराना किला देखा। इन्द्रजीत अपने साथ कैमरा ले गया था। उसने और बलदेव ने कई चित्र खींचे। दिन बड़े आनन्द से बीता। मनुष्य के लिए निश्चिन्त अवकाश के क्षण कितने आवश्यक हैं! श्रम जीवन का प्राण है लेकिन छुट्टी इस प्राण को स्वस्थ बनाए रखने के लिए धूप और वायु है।

दूसरे दिन सविता को सहसा जयदेव की याद आई। याद कई बार पहले भी आई थी, लेकिन अब उससे मिलने की इच्छा प्रबल हो उठी। वह सोचने लगी कि मैंने यह क्या किया कि अपने यहां आने की सूचना तक भी नहीं दी। घर पर उससे किसीने सीधे मुंह बात भी नहीं की होगी, आने पर मां ने शायद दुत्कार ही दिया हो। अपनी यह भूल उसे बहुत अखरी और उसी समय जयदेव को पत्र लिखने बैठ गई।

उसने विस्तार से लिखा कि मैं यहां अकस्मात् क्यों चली आई। तुम्हें सूचना न देना मेरी भूल थी। मुझे विश्वास है कि तुम अपने उस मित्र के साथ बम्बई नहीं गए होगे। अगर चाहते तो भी नहीं

जा सकते थे। तुम्हें वह क्षण सदा याद रहेगा। यह वह क्षण था जिसमें तुम्हारे और मेरे जीवन की धाराएं एक दूसरे में आ मिली हैं। जैसे तुम मुझे नहीं भूल सकते, मैं भी तुम्हें नहीं भूल सकती। धैर्य रखो, मैं शीघ्र आऊंगी।

वह एक उन्मत्त प्रवाह में सारा पत्र लिख गई। लिखकर उसे पढ़ा और सानन्द मुस्कराई। उसे अपने ही विचार अनोखे और अद्भुत जान पड़े।

उसने पत्र को तह करके लिफाफे में बन्द किया और फिर सोचने लगी कि इसपर पता क्या लिखूं। वह कुछ क्षण निश्चल बैठी रही। फिर आप ही आप ऊंचे स्वर में बोली, "बैजू बावरा।" और पत्र को जेब में रख लिया।

"सविता, अकेली बैठी क्या बना रही हो?" निर्मल ने कमरे में प्रवेश किया और सविता को मुस्कराते देखकर चुटकी ली, "किसीकी याद तो नहीं आ रही?"

"हां, याद ही आ रही है।" सविता ने निस्संकोच उत्तर दिया। वह बदस्तूर मुस्करा रही थी।

"किसकी?" निर्मल ने विनोद में भरकर फिर पूछा।

"भाभी, तुम जानती हो कि याद उसकी आती है जो मन में बस जाए।"

"तो मैं बताऊं, तुम्हारे मन में कौन बसा है?"

"हां, बताओ। अगर बता सको तो मैं तुम्हें इनाम दूंगी।"

"क्या इनाम?"

"वह जो मेरी मर्ज़ी होगी। पहले तुम बताओ तो सही।"

निर्मल ने अपने आंचल में कुछ चित्र छिपाए हुए थे। उनमें से एक चित्र निकालकर सविता के सामने रख दिया।

यह चित्र इन्द्रजीत का था और कल की पिकनिक में बलदेव ने खींचा था।

सविता चित्र देखकर स्तब्ध रह गई। उसे वह रहस्यमय मुस्कान

स्मरण हो आई जो भाभी के होंठों पर उस समय व्यक्त हुई थी जब इन्द्रजीत के बारे में अपनी राय पूछने पर सविता ने कहा था कि 'वह जितना शरीर से सुंदर और स्वस्थ है, उतना ही हृदय का भी शिष्ट है।' अब उसे इस मुस्कराहट का अर्थ समझने में देर न लगी।

सविता ने यह बात अपने मन में रखी और निर्मल से कहा, "भाभी, तुम बड़ी नटखट हो। लाओ दिखाओ, दूसरे चित्र क्या हैं?"

"और यह तुम्हारा अपना चित्र है।" निर्मल ने एक दूसरा चित्र उसके सामने रखते हुए कहा।

यह चित्र इन्द्रजीत ने खींचा था। सविता एक छोटे-से पेड़ के पास खड़ी थी और बड़ी सुन्दर लग रही थी।

"अच्छा है न?" निर्मल ने पूछा।

"बहुत अच्छा।" सविता ने उत्तर दिया।

"दोनों चित्र बड़े अच्छे हैं। अगर इन्हें यों पास-पास रख दिया जाए तो जोड़ी कितनी सजती है!" भाभी ने इन्द्रजीत और सविता के चित्रों को पहलू-ब-पहलू रखते हुए कहा।

"हां, चित्र कौन-सा बोलते हैं। उन्हें जैसे भी चाहो रख दो, सज ही तो जाएंगे।" सविता ने विद्रोह भाव को दबाते हुए मुस्कराकर उत्तर दिया।

"मेरा तो कुछ ऐसा अनुमान है कि यह जोड़ी चित्रों में ही नहीं, जीवन में भी खूब सजेगी।"

"सच?" सविता ने आंखों में कौतूहल-मिश्रित उल्लास भरकर पूछा और फिर एकदम लजा-सी गई।

भाभी ने उसके मन की थाह लेने के लिए ही यह नाटक रचा था। सविता के इस अभिनय से उसे धोखा हुआ और वह आंखों में उल्लास भरकर बोली, "देखो तो सही, दोनों चित्र कैसे चाव और प्यार से एक-दूसरे की ओर देख रहे हैं। आंखों ही आंखों में कुछ कह रहे हैं और यों मुस्करा रहे हैं जैसे दोनों ने एक-दूसरे के मन की बात समझ ली है।" और उसने सविता को प्यार से ठहोका देकर कहा, "अपने भैया को दफ्तर से आने दो, मैं उनसे सिफारिश करूंगी।"

"भाभी, तुम बड़ी धूर्त हो। हंसती तुम खुद हो और नाम चित्रों का लेती हो। इधर लाओ, देखें तो भला।"

सविता ने भाभी के हाथ से चित्र झपट लिए और उन्हें टुकड़े-टुकड़े करके हवा में बिखेर दिया।

भाभी चकित और स्तब्ध रह गई। उसे अपने नाटक के इस दुःखांत की आशा न थी। उसकी मधुर कल्पना खंड-खंड हो गई।

"मैं नहीं जानती थी कि प्रेम के पर्दे में भी छल और कपट छिपा रहता है।" सविता का क्षुब्ध तीखा स्वर कमरे में गूंज उठा, "भाभी, तुम नारी हो और तुम्हें इस नाते नारी-हृदय के संकल्प का आदर करना चाहिए। मैं अब समझी कि मुझे यहां क्यों लाया गया है।"

सविता का प्रचंड रूप देखकर भाभी सहम गई। उसने बहुत कहा कि मेरे मन में न कोई छल है और न कपट और न मुझे यह मालूम है कि तुम्हें यहां क्यों लाया गया है। लेकिन सविता पर इस व्याख्या का कोई असर नहीं हुआ और वह इस घटना के चौथे दिन दिल्ली लौट आई।

मनुष्य अपने-आपको आधुनिक, स्वाधीन और विचारशील समझते हुए भी असत्य की ज़ंजीरों को धारण किए रहता है। ये ज़ंजीरें उसे विरासत में मिलती हैं, उनपर परम्परागत विश्वास का सुनहरी मुलम्मा चढ़ा होता है। इन ज़ंजीरों पर उसका मोह होता है और वह स्नेह तथा जब्र से अपनी संतान को भी उनमें बांध रखने का प्रयत्न करता है। लेकिन जब नये और पुराने में संघर्ष छिड़ता है, जब भावी पीढ़ी का कोई प्राणी उन ज़ंजीरों में बंधने से इन्कार करता है तो वह विक्षोभ और क्रोध में भरकर असत्य आवरण धारण कर लेता है। सविता जब भाई के पास से लौटकर आई और उसने जयदेव से शादी करने का अपना दृढ़ निश्चय फिर से घोषित किया तो बाबू दीनानाथ के व्यक्तित्व से स्नेह, प्यार और शिष्टता का मुलम्मा उतर गया और उनका क्रूर और बर्बर

रूप चिंघाड़ उठा। जिस बेटी को वे सरल और सीधी समझते थे, वह वक्र रेखा-सी सामने फैली नज़र आई। अगर वह वाकई सीधी और सरल होती तो क्या···तो क्या वह···

बाबू दीनानाथ क्रोध से बिलबिला उठे। लेकिन हमेशा की तरह, क्रोध इस बार भी पत्नी पर उतरा। वे उसे देखते ही बरस पड़े, "तुम तो कहती थीं, उसे भाई के पास भेज दो, सब ठीक हो जाएगा?"

"मुझे क्या मालूम था कि यह वहां से भी यों भाग आएगी?"

"तुम्हें कुछ मालूम नहीं, तभी तो सब चौपट हो रहा है।" उन्होंने चीखकर कहा और बोले, "तुम न कहतीं तो मैं कुछ और इलाज करता।"

"क्या इलाज करते? उसे मारते?"

"हां, मारता।"

"रहने दो लाला, ये सब कहने की बातें हैं।" पत्नी ने उत्तर दिया और फिर धीमे स्वर में कहा, "बाल सफेद हो गए पर मारने की हविस मन से नहीं गई। मैं कहे देती हूं कि तुम उसपर अंगुली भी नहीं उठा सकते।"

बाबू दीनानाथ स्तब्ध-से पत्नी की ओर देखते रह गए। तथ्यपूर्ण शब्द धीमे स्वर में कहने पर भी कितने सशक्त और प्रबल होते हैं। वे इन्हें वातावरण में मुखरित सुन रहे थे और महसूस कर रहे थे कि उनमें वाकई बेटी पर अंगुली उठाने का भी सामर्थ्य नहीं। उनका क्रोध शिथिल और पंगु है। बुढ़ापे से शरीर ही शिथिल नहीं होता, मनुष्य की प्रेरणाएं और क्रियाशक्ति भी शिथिल हो जाती है। वह आज पत्नी से पराजित हुए थे।

इसी समय सविता ने कमरे में प्रवेश किया।

"तुम्हारी यह ज़िद तुम्हारा सर्वनाश कर देगी।" उन्होंने दुर्वासा की भांति बेटी को शाप दिया।

"पिताजी, यह ज़िद नहीं, सत्य और असत्य का संघर्ष है। अन्त में विजय सत्य की होगी।" सविता बोली। उसके स्वर में न घृणा थी, न क्रोध और न ही आवेश। वह सहज स्वभाव से कहती रही, "आप मुझसे मेरा अधिकार छीन नहीं सकेंगे, प्राण भले ही ले लें।"

"चुप रह।" पिता ने पांव धरती पर पटककर कहा, "क्या तुम्हें इसीलिए इतने लाड़-प्यार से पाला था?"

"अगर लाड़-प्यार का मतलब यही है तो अच्छा था कि लाड़-प्यार से न पाला होता। वह दरअसल लाड़-प्यार नहीं कुछ और था—आपके मन का अहं था। अगर आपने कभी मुझे सचमुच प्यार किया है तो आप मुझे आशीर्वाद दीजिए।"

"आशीर्वाद! तुम जैसी निर्लज्ज लड़की को आशीर्वाद! तुम्हें तो मैं ऐसा शाप देना चाहता हूं जो आज तक किसी पिता ने अपनी बेटी को न दिया हो। आशीर्वाद पाने का आचरण तुम्हारा नहीं है।"

"मुझे तो अपने आचरण में कोई बुराई नज़र नहीं आती। अगर आती तो मैं आपका आदेश अवश्य मान लेती।"

"मेरा आदेश तुम्हें अब भी मानना होगा, यह मैं कहे देता हूं।" बाबू दीनानाथ बोले और पलटकर पत्नी से कहा, "जब तक यह अपनी हठ नहीं छोड़ेगी, इसी कमरे में बन्द रहेगी। तुम इसे यहीं रोटी-पानी देना। न कोई इससे मिलेगा और न यह बाहर निकलेगी।"

यह कहकर वे बाहर चले गए और थोड़ी देर बाद दफ्तर चले गए।

मां बेचारी बड़ी दुःखी और व्याकुल थी। न उसे जयदेव के साथ ब्याह पसन्द था और न उसकी ममता बेटी पर यह अत्याचार होते सहन कर सकती थी। उसने सविता को बहुत समझाया और अपने सफेद बालों का वास्ता देकर कहा, "बेटी, यह जिद छोड़ दो। हमें बुढ़ापे में यह दुःख मत दिखाओ। तुम नहीं जानतीं, तुम्हारे पिता मन में बड़े दुःखी हैं। उनसे यह दुःख सहा नहीं जाता, उन्हें अपना आप नहीं सूझता। उन-पर दया करो।"

"मां, मैं उनके और तुम्हारे दुःख को समझती हूं। उनका दुःख मिथ्या और निष्ठुर है, सदियों के अभ्यास ने इसे उनका स्वभाव बना दिया है। तुम्हारा दुःख निरीह और अबोध है। अगर तुम मुझे इस दुःख का कारण समझती हो तो मैं इसके लिए क्षमा चाहती हूं। मगर तुम्हें

यह दुःख सहन करना होगा। अगर तुम उस महान् दुःख की कल्पना करो जो समस्त नारी-जाति को पुरुष की निष्ठुर बर्बरता के कारण सहन करना पड़ रहा है तो तुम्हें अपना दुःख बहुत ही छोटा और मेरा अधिक जान पड़ेगा।"

मां ने देख लिया कि बेटी को समझाने की बुद्धि उसमें नहीं है। उसने करुणा और संवेदना में भरकर कहा, "अच्छा बेटी, अपना दुःख तो मैं सह लूंगी, पर तुम्हें जो कष्ट दिया जा रहा है, उसे तुम कैसे सहन करोगी?"

"मां, तुम मेरी तनिक भी चिन्ता न करो। इससे भी कई गुणा अधिक कष्ट और दुःख सहन करने का बल मुझमें है। यह दुःख क्षणिक होगा और अपनी बात से हट जाने का दुःख आजन्म सहन करना पड़ेगा।"

मां चुप हो गई। जिस हठ का आधार ज्ञान और सत्य हो वह चट्टान के सदृश ठोस और दृढ़ होता है, तर्क का उसपर कुछ भी प्रभाव नहीं होता। वह वर्षा की बूंदों की भांति उसपर गिरता और बह जाता है। बेटी अपनी जगह स्थिर और अटल थी, मगर मां का मन डांवाडोल था। वह न बेटी को समझा सकती थी और न पति को उसकी बात मानने के लिए कह सकती थी। उसे खुद सविता के न्याय-पक्ष पर विश्वास नहीं था। उसने समाज के आचरण को अपना आचरण बना लिया था और बेटी के लिए भी इसी आचरण को न्यायसंगत मानती थी।

उसने पड़ोस की एक बालिका को भेजकर कमलेश को बुलाया और उसे सारी बात बताकर आर्द्र स्वर में कहा, "बेटी, उसे तुम्हीं कुछ समझाओ। मैं तो समझाते-समझाते हार गई। वह एक नहीं सुनती।"

"चाची, मैं क्या समझाऊ!" कमलेश ने अपराधी की तरह कहा, "वह सारी आग मुझ अभागिन की ही लगाई हुई है।"

"तुम्हारी लगाई हुई है?" सावित्री ने आश्चर्यचकित होकर पूछा।

"हां।"

“वह कैसे?”

कमलेश ने सविता से अपने झगड़े की बात कह सुनाई और फिर बोली, “न उस दिन मैं क्रोध में भरकर एक अनुचित बात कहती और न सविता यह संकल्प करती।”

सावित्री निश्चल और मौन बैठी रही। कमरे में पूर्ण निस्तब्धता थी। कार्निश पर पड़े टाइमपीस की टिकटिक सुनाई दे रही थी। कुछ क्षण यों ही बीत गए। आखिर कमलेश फिर बोली, “बाद में मैंने कहा कि मेरा यह अभिप्राय नहीं था। मैं जानती हूं कि तुम जयदेव से प्रेम नहीं करती। मैंने क्रोध में भरकर गलत बात कह दी, यह मेरी भूल थी, तुम मुझे क्षमा कर दो।”

“फिर वह क्या बोली?” सावित्री ने अधीर होकर पूछा।

“वह बोली कि बहन, कई बार मनुष्य अपने ही मन को भूला रहता है। वह अपनी ही असल बात को समझ नहीं पाता। जब कोई अभिन्न मित्र और मन का भेदी इस तथ्य की ओर संकेत करता है और असल बात उसे सुझाता है तो वह उसे एकाएक मानने से इनकार कर देता है। लेकिन तनिक विचार करने पर जब वह बात समझ में आ जाती है तो सारा क्षोभ मिट जाता है। तुम विश्वास रखो कि इसमें तुम्हारा कुछ दोष नहीं, मैं सचमुच जयदेव से प्रेम करती हूं। मुझे खुद यह बात समझ लेनी चाहिए थी। तुमने एक सच्ची बात मुझे सुनाई है, इसके लिए मैं तुम्हारी कृतज्ञ हूं।”

“बड़ी विचित्र लड़की है!” मां ने व्यथित स्वर में कहा।

“और इस वैचित्र्य का कोई इलाज नहीं। कमलेश ने कहकर नज़र नीची कर ली और एक क्षण रुककर फिर कहा, “चाची, कम से कम इस विषय में मैं तो उसे कुछ कह नहीं सकती। कहते खुद लज्जा आती है।”

“हमउम्र सखी-सहेलियों में इस तरह की बातें हो ही जाती हैं, तुम इतनी लज्जित न हो बेटी।” सावित्री ने स्नेह और सहानुभूति से कहा, “मैं अपनी कोख की जनी को खूब समझती हूं। तुम्हारा कहना तो

बहाना बन गया, वरना यह बात यों ही होनी थी। तुम दिल छोटा मत करो, जो होगा हम भुगत लेंगे।"

कमलेश ने श्रद्धा से चाची को देखा, वह प्यार और स्नेह से मुस्करा रही थी। भारत की नारी कितनी उदार है! सदियों से शोषित और वंचित होते हुए भी, उसने अपनी आत्मा को कुंठित नहीं होने दिया। वह दुःखः और संकट में भी मुस्करा सकती है, उसकी विवेक-बुद्धि स्थिर रहती है।

"अच्छा, मैं तुम्हें इस विषय में बात करने को नहीं कहती, पर उससे मिलने में तो कोई हर्ज नहीं?" मां बोली।

"चलो, मैं चलती हूं।" कमलेश सावित्री के साथ कमरे में जाने के लिए उठ खड़ी हुई।

सविता शांत और गम्भीर बैठी थी। उसके हाथ में एक पुस्तक थी और वह उसे पढ़ने में व्यस्त थी। कमलेश ने देखते ही पहचान लिया कि पुस्तक शरत् का 'शेष प्रश्न' है। सविता इसे रामायण, गीता अथवा किसी धार्मिक ग्रंथ से अधिक मानती थी। उसे कई बार पढ़ चुकी थी। अपनी सखी-सहेलियों से और सारी नारी-जाति से उसे पढ़ने की सिफारिश करती थी। उपन्यास की नायिका कमल का एक-एक शब्द जैसे उसे ज़बानी याद था। वाद-विवाद और बातचीत में वह उसके वाक्यों को बड़े गर्व से दोहराया करती थी।

"बैठो कमलेश।" सविता ने पुस्तक अलग रखकर सखी का अभिवादन किया और उसे अपने पास चारपाई पर बिठाया।

मां उसी क्षण लौट गई और घर के काम-धंधे में व्यस्त हो गई।

"भाई के पास से कब लौटी?" कमलेश ने पूछा।

"परसों," सविता ने उत्तर दिया।

"भाभी राज़ी थीं।"

"हां, राज़ी थीं।"

"कभी मुझे भी याद करती थीं?"

"हां, कई बार याद किया और पूछा कि ब्याह कब हो रहा है।"

"फिर तुमने क्या कहा?"

"भला मैं क्या कहती? मुझे खुद मालूम नहीं था।" सविता ने उत्तर दिया और हंस पड़ी।

इसी हंसी की एक कहानी थी। दोनों चुप बैठी मन ही मन इस कहानी को महसूस करती रहीं।

"एक हफ्ता रह गया।" कमलेश बोली।

"सिर्फ?"

"हां।"

"तुमने कंगना-वंगना तो बांधा नहीं।" सविता ने कमलेश का हाथ अपने हाथ में लेते हुए कहा।

"वह कल बंधेगा।" कमलेशं ने उत्तर दिया और फिर आंखें ऊपर उठाकर सखी के मुख की ओर देखते हुए कहा, "आओ तो मां तुम्हें देखकर बड़ी प्रसन्न होंगी। कहो, आओगी न?"

"आ सकी तो।"

फिर यों ही इधर-उधर की बातें करते चार बज गए। तब कमलेश अपने घर चली गई।

बाबू दीनानाथ का मन आज दफ्तर में नहीं लगा। वे सारा दिन अत्यन्त व्यग्र और परेशान रहे। घर लौटे तो व्यग्रता और भी बढ़ गई। लेकिन ऊपर से शांत और गम्भीर बने हुए थे। वे दफ्तर से लौटकर दूध के साथ टोस्ट या फल खाने को लिया करते थे। पत्नी दूध का गिलास और प्लेट में केला और सेब लेकर आ गई। उन्होंने मुंह से बिना कुछ कहे दूध पिया और फल खाए। फिर भी ऐसा लगा जैसे तृप्ति नहीं हुई।

"फल और लाऊँ?" पत्नी ने उनके मुख की ओर देखते हुए पूछा।

"नहीं।"

फिर कोई बात नहीं हुई। वे चुप बैठकर न जाने क्या सोचते रहे। अचानक उनकी नज़र सामने लगे कलैंडर पर जा पड़ी। आज ग्यारह हो गई थी, मगर कलैंडर में दस थी। तारीख न बदली जाने का कारण

यह था कि कलैंडर में ग्यारह-बारह का पत्ता नहीं था। वह बहुत दिन हुए गुम हो गया था, शायद सविता से फट गया था। हर महीने दस तारीख तीन दिन तक लगी रहती थी।

मगर बाबू दीनानाथ को आज यह अभाव बहुत अखरा। उन्हें यों लगा जैसे उनके जीवन में से एक दिन गुम हो गया हो। उनसे यह बात सहन न हो सकी और तुरंत उठकर नौ-दस का पत्ता निकाला और तेरह कर दी। अब तेरह और भी असंगत जान पड़ी। अभी बारह भी नहीं हुई तो तेरह का क्या मतलब? बिना एक निश्चित क्रम और सिलसिले के भूतः का भविष्य बन जाना सम्भव नहीं। तेरह तारीख जो वैसे ही मनहूस समझी जाती है, विद्रूप भाव से मुस्कराती हुई जान पड़ी। बाबू दीनानाथ से यह भी सहन न हो सका और उन्होंने फिर दस कर दी। फिर भी बात नहीं बनी। वे विमूढ़ बने ज़ंजीर की ओर देखते रहे।

'क्या मैं सचमुच समय से पिछड़ा हुआ हूं।' वे बड़बड़ाए और निःश्वास छोड़कर आरामकुर्सी में लेट गए। लेटे रहे और सोचते रहे। उन्हें रह-रहकर जयदेव का ध्यान आ रहा था। जयदेव जो इतना सरल और निरीह है, जिसने उनके लिए इतना कुछ किया है, क्या उसे मूर्ख कहना उचित है? अपने ही मुख से निकला हुआ शब्द उन्हें कोंच रहा था, परेशान कर रहा था। वे तर्क से अपने-आपको विश्वास दिलाने का प्रयत्न कर रहे थे कि मैंने इस उपकार के कारण हमेशा आदर से उसे पास बिठाया है, सस्नेह बेटा कहा है। इस उपकार के बदले उसे दामाद बनाना तो सम्भव नहीं है। बेटे और दामाद में तो बड़ा अन्तर है।

इसी अन्तर की बात वे दफ्तर में भी सोचते रहे थे, लेकिन कुछ समझ में नहीं आ रहा था। यही तर्क-वितर्क उनका मुंह चिढ़ाता था—'क्या दामाद बनाना न बनाना तुम्हारे वश की बात है? क्या तुम सविता को रोक सकोगे?'

यह प्रश्न बड़ा भयंकर था। जितना वे इसपर विचार करते थे उतना ही उनके भीतर की असंगति बढ़ रही थी। जितनी असंगति

बढ़ती है उतना ही कोई व्यक्ति, समाज और संस्था दुर्बल होती जाती है। वह भी दुर्बल और निश्चेष्ट कुर्सी पर सिर टेककर लेट गए और देर तक लेटे रहे।

रात को देर हुई उठे। भोजन किया और फिर बिस्तर पर पड़कर सो रहे। आज उनकी किसी बात में रुचि नहीं थी। जिस घर में वे शासन करते थे, वह सूना-सूना और वीरान जान पड़ता था।

सुबह उठकर भी उन्होंने कोई विशेष बात नहीं की। पत्नी ने एक बार पूछा, "तबियत तो ठीक है?" तो उन्होंने धीरे से कह दिया, "हां, ठीक है।" इसके बाद वे दफ्तर चले गए।

कमलेश जाते समय चाची से कह गई थी कि सविता को कल हमारे घर भेज दीजिएगा। उसके स्वर में विनम्रता और याचना थी। सावित्री उसकी मनोव्यथा को समझती थी और वह यों भी चाहती थी कि सविता अगर घड़ी दो घड़ी घर से चली जाए तो उसका मन बहल जाएगा ; पिता की कैद से वह ऊब गई होगी। इसलिए बारह बजे के लगभग उसने बेटी को कमलेश के घर जाने की आज्ञा दे दी।

सविता घर से थोड़ी ही दूर गई होगी कि उसे रास्ते में जयदेव मिल गया। वह उसे देखकर खिल उठी और मुस्कराकर बोली, "तुम यहां कैसे खड़े हो?"

"तुम्हारा इन्तज़ार कर रहा था।"

"क्या तुम्हें मालूम था कि मैं आऊंगी?"

"मालूम तो नहीं था, पर आशा थी।" वह मुस्कराया।

"बहुत अच्छे।" सविता भी मुस्कराई और बोली, "अच्छा अब झटपट मेरे साथ आओ।"

जयदेव चुपचाप उसके पीछे-पीछे चल पड़ा। उसे कुछ मालूम नहीं था कि वह कहां जा रही है और क्या चाहती है।

थोड़ी ही देर बाद वह अदालत में मजिस्ट्रेट के सामने खड़ी थी और कानून को अपनी रक्षा के लिए पुकार रही थी।

सविता बालिग थी और उसे अपनी इच्छा से किसी भी व्यक्ति के

साथ विवाह करने का अधिकार प्राप्त था। अदालत को उसे यह अधिकार देना पड़ा।

ब्याह हो गया। अब उन्हें गृहस्थी जुटानी थी। लेकिन वह कैसे जुटाई जाए? जयदेव का तो कोई ठौर-ठिकाना न था। जब जी चाहता एक डाल से उड़कर दूसरी डाल पर जा बैठता। मां-बाप, बहन-भाई और सगे-संबंधी कभी होंगे, मगर अब तो वह सबका था और किसीका नहीं था। वह सविता को कहां ले जाता?

सविता के माता-पिता सख्त नाराज़ थे। दामाद और बेटी को किसी तरह भी मुंह लगाने को तैयार नहीं थे। समाज अपने विद्रोहियों का भरसक बहिष्कार करता है और उन्हें दुःखी और परेशान होते देखकर प्रसन्न होता है। बाबू दीनानाथ भी अपनी उद्दण्ड बेटी को दुःखी और लाचार देखना चाहते थे। उनकी कामना यह थी कि सविता दर-दर की ठोकरें खाए और उसे मांगे भीख तक न मिले।

आखिर जयदेव का एक पुराना मित्र इस समय उसके आड़े आया। वह मित्र बैंक-क्लर्क था। सवा सौ रुपया महीना तनख्वाह मिलती थी। उसका अपना छोटा-सा परिवार था। उसने गांधीनगर में एक छोटा-सा कमरा किराए पर ले रखा था। कमरे में गुंजायश न होते हुए भी दिल में जगह थी। उसने नवदम्पति को अपने साथ रहने के लिए निमंत्रित किया।

सविता और जयदेव डेढ़-दो महीना अपने इस मित्र के साथ रहे। दौड़-धूप में कोई कसर उठा नहीं रखी ; पर दूसरा मकान ढूंढे से नहीं मिलता था। कहीं किराया अधिक है और कहीं पगड़ी मांगी जा रही है। अधिक किराया देना अथवा पगड़ी का रुपया चुकाना जयदेव के वश की बात नहीं थी। लेकिन वह धुन का पक्का था। सविता के साथ अपनी अलग गृहस्थी बसाने का निश्चय कर चुका था। उसने मकान ढूंढने के लिए दिन-रात एक कर डाला। जिस किसीसे भी थोड़ी-सी जान-पहचान

थी, उसीसे जाकर कहता, "मुझे मकान दिलायो।" और उसके स्वर से ध्वनित होता था कि उसे मकान न मिला तो दुनिया का कायम रहना मुश्किल है, एकदम प्रलय आ जाएगा।

मित्र उसके स्वभाव से परिचित थे। उसकी बात सुनकर हंसते थे और आपस में बातें करते थे, "बड़ा सनकी है। दुनिया के एक छोर से दूसरे छोर तक घूम जाएगा और प्रत्येक व्यक्ति को पकड़-पकड़कर कहेगा—मुझे मकान दिलाओ, मकान दिलाओ।"

"और देख लेना, मकान ढूंढकर दम लेगा।"

"आदमी इस लगन से ढूंढे तो क्या नहीं मिल जाता?"

कोई ज़रा आश्वासन दिला देता तो जयदेव उसके पास सुबह-शाम चक्कर पर चक्कर लगाना शुरू कर देता। जब तक आशा बनी रहती उसके ये चक्कर जारी रहते। आखिर उसका प्रयास सफल हुआ। बहुत दौड़-धूप के बाद उसे अपने आर्टिस्ट मित्र श्यामसुन्दर के पड़ोस में एक कमरा मिल गया, जो हाल ही में इत्तफाक से खाली हुआ था। कमरा छोटा ज़रूर था, पर किराया भी कम था और कम इसलिए था कि वह कस्टोडियन की प्रापर्टी थी। बिल्ली के भागों छिक्का टूटा। जयदेव की बांछे खिल गईं और वह खुशी से फूला न समाया।

जिस रोज़ पति-पत्नी अपने इस नये कमरे में आए आकाश धुंधला-धुंधला था। शाम को आंधी चली और बादल घिर आए। सविता और जयदेव अपनी गृहस्थी सजाने में व्यस्त थे। श्यामसुन्दर भी वहीं बैठा था और उनके चेहरों पर नवजीवन का उल्लास देखकर मन ही मन मुग्ध हो रहा था।

"अगर हमें आज यह कमरा न मिल गया होता तो रात भर बड़ी मुसीबत रहती। बारिश में भीग जाते।" जयदेव ने बाहर बूंदें पड़ती देखकर कहा।

उनके पास जो थोड़ी-सी पुस्तकें थीं, सविता उन्हें अल्मारी में सजा रही थी। पलटकर बोली, "मुसीबत क्या थी! किसी पेड़ के तले अथवा किसी बरामदे में बैठकर रात बिता देते।"

उसका चेहरा शांत और गम्भीर था और आंखों में असाधारण चमक थी जो अदम्य साहस और धैर्य से उत्पन्न हुई थी।

"क्या अन्दर सोने को जगह नहीं थी?" श्यामसुन्दर ने पूछा।

"हम लोग सड़क पर सोते थे। कमरा इतना छोटा था कि जब अन्दर सोने की जरूरत पड़ती थी तो उनके अपने परिवार के लोग ही घुसपिटकर मुश्किल से गुज़ारा करते थे।" जयदेव ने उत्तर दिया।

"तब तो इसे अच्छे सगुन समझो कि आज ही बारिश हुई और आज ही तुम्हें यह कमरा मिल गया।"

वे दोनों श्यामसुन्दर की ओर देखकर कृतज्ञ भाव से मुस्कराए।

दूसरे दिन पड़ोस के और लोगों ने भी आगंतुकों में दिलचस्पी लेनी शुरू की। काफी बड़ी बिल्डिंग थी और उसमें सभी निचले मध्यवर्ग के लोग रहते थे। उनमें कुछ नौकरी पेशा थे, कुछेक का निजी कामधंधा या छोटा-मोटा कारोबार था। जैसी छोटी-छोटी आमदनियां थीं वैसे ही छोटे-छोटे मकान थे, छोटे-छोटे सुख-दुःख थे और छोटी-छोटी हसरतें और उमंगें थीं। बंधे-टिके जीवन में कोई अत्यन्त साधारण परिवर्तन भी हो जाए तो इसकी चर्चा दिनों-हफ्तों चलती थी और वह सार्वजनिक सोच-विचार और वाद-विवाद की बात बन जाती थी। पहले-पहल जब उन्होंने सुना कि उनका पुराना पड़ोसी लक्ष्मणदास अपना कमरा छोड़कर किसी दूसरी जगह जा रहा है तो यों चौंक उठे जैसे उन्होंने हिमालय की सबसे ऊंची चोटी ऐवरेस्ट विजित होने की खबर सुनी हो। उनके आश्चर्य और उत्सुकता की सीमा नहीं थी। घर-घर में और पूरी बिल्डिंग में कई दिन तक इसी विषय पर बातचीत होती रही।

"कोई अच्छा मकान मिल गया होगा?"

श्यामसुन्दर ने, जो बहुत दिनों से एक अच्छे मकान की तलाश में भटक रहा था, हसरत भरे अन्दाज़ में अपनी पत्नी शीला की ओर देखते हुए कहा।

"लोदी कालोनी में उनके पिता की दुकान है। अकेला बेटा है। सास-बहू में बनती नहीं थी। इसीलिए अलग रहता था। अब उन्हें

सरकारी क्वार्टर मिला है और पिता ने ज़ोर देकर अपने पास रहने को बुला लिया है। लाख झगड़ा हो, अपना आखिर अपना ही है—बेगाना तो बन नहीं जाता।" शीला ने पति की बात का उत्तर दिया और लक्ष्मण-दास की बीवी से उसकी जो बातें हुई थीं, उनके आधार पर आगे कहा, "मकान काफी खुला है : तीन कमरे, एक रसोई और पीछे खुला आंगन।"

यह विवरण देते हुए शीला की आंखें यों फैल गई थीं कि आंगन की तरह खुली की खुली रह गई थीं। वे जो भाव व्यक्त कर रही थीं, उन्हें श्यामसुन्दर खूब समझता था।

"अच्छा हुआ कि जा रहे हैं। यहां रहना कोई रहना है, एकदम नरक बना हुआ है!" वह गर्दन घुमाकर ऐसे स्वर में बोला जैसे अपने-आपको भर्त्सना कर रहा हो। "एक नल, एक आंगन और पन्द्रह घर। कभी कपड़े धोने का, कभी बच्चों के खेलकूद का और कभी लड़ाई-झगड़े का—सारा दिन शोर के मारे कान फटते हैं। यह शोर एक मिनट को भी तो बन्द नहीं होता।"

"पिताजी, आप भी तो कहते थे यहां से जाने को। हम कब जाएंगे दूसरे मकान में?" उनकी बेटी सुषमा ने बात आगे बढ़ाई।

"ये सिर्फ कहते हैं, जाएंगे नहीं। हमारे ऐसे भाग्य कहां कि कोई दूसरा मकान मिले। ज़िन्दगी इसी नरक में कटेगी।" शीला ने व्यथित स्वर में बेटी की बात का उत्तर दिया।

"नहीं, हम तो जाएंगे।" नन्हे सतीश ने ज़ोर से सिर हिलाकर प्रति-वाद किया और फिर मकान छोड़कर जाने वाले अपने पड़ोसी की बात स्मरण करके कहा, "पिताजी, जतैंदी कहता था कि वे अब कोठी में रहा करेंगी। हमें भी तो मिलेगी कोठी और हम भी तो कोठी में रहा करेंगे?"

"हां बेटा, तुम भी कोठी में रहा करोगे।"

—पिता ने मुस्कराकर बेटे को आशीर्वाद दिया। शीला भी पति का अभिप्राय समझ गई। और बेटे के सुखद भविष्य की कल्पना करके सानंद मुस्करा उठी।

छोटी-छोटी घटनाएं भी उनके जड़ जीवन में हलचल उत्पन्न कर

देती थीं और उसे कुछ कटुता और कुछ मधुरता प्रदान करती थीं। इसी हलचल, मधुरता और कटुता का नाम जीवन था, वरना जीने में क्या धरा था!

जब मालूम हुआ कि उनकी नई पड़ोसिन सविता ने माता-पिता की आज्ञा का उल्लंघन करके जयदेव से प्रेम-विवाह किया है तो सारी बिल्डिंग में सनसनी और कौतूहल की लहर-सी दौड़ गई। सामूहिक रूप से गोष्ठियां होने लगीं। स्त्रियां अलग, पुरुष अलग उठते-बैठते इसीकी चर्चा करते थे। अवकाश के नीरस क्षण उत्साह से भर गए थे।

बिल्डिग की स्त्रियों के लिए यह एकदम अनोखी और निराली घटना थी। उन्होंने सुन तो रखा था कि आजकल की कुछ पढ़ी-लिखी लड़कियां अपनी मर्ज़ी के वर चुनती हैं और उनसे प्रेम-विवाह रचाती हैं। लेकिन कोई ऐसी लड़की जिसने प्रेम-विवाह रचाया हो, अपनी आंखों देखी नहीं थी। उनके अपने विवाह पुराने रीति-रिवाज के अनुसार हुए थे। इनमें उनकी अपनी मर्ज़ी का ज़रा भी दखल न था। माता-पिता ने जो जीवनसंगी ढूंढ दिए थे, रोते-गाते उन्हींके साथ जीवन बिता रही थीं। प्रेम-कथाओं के बारे में उन्हें सिर्फ इतना मालूम था कि वे किताबों में लिखी रहती हैं, अथवा अखबारों में छपती हैं या फिर सिनेमा में दिखाई जाती हैं। कभी बजट में गुंजायश होती तो वे भी सिनेमा जातीं और चित्रपट पर प्रेम-अभिनय देखतीं, गाने सुनतीं और बहुत दिनों तक 'बंगला बने न्यारा' गुनगुनाया करतीं।

मगर अब वह 'बंगला' उनकी अपनी बिल्डिंग में उनकी आंखों के सामने आबाद हुआ था। माता-पिता से विद्रोह करके यों न्यारा बंगला बसाने के औचित्य और अनौचित्य से उन्हें कोई बहस न थी। वे सविता की बातों में रस लेतीं और उसे कुरेद-कुरेदकर पूछतीं :

"बहन, अगर कुछ हर्ज न हो तो ज़रा बताओ तो सही, तुम्हारा यह प्रेम शुरू कैसे हुआ?"

"कैसे बताऊं?" सविता मुस्कराकर कहती, "प्रेम यह बताता थोड़े है कि मैं अब शुरू हो रहा हूं। वह तो बस चुपके-चुपके शुरू हो जाता है।"

"यही तो हम भी सुनना चाहती हैं कि वह चुपके-चुपके कैसे शुरू होता है।" एक पडोसिन ने आंखों में कौतूहल भरकर कहा।

"तो फिर सुनो।" सविता संभलकर बैठ गई और कथाकार के स्वर में बोली, "एक बार मैं और मेरी सहेली बैसाखी का मेला देखने जमुना पर गईं। ये हमारे पास आए और मुझे 'नमस्ते' कही। मैं बोली, 'क्या बात है?' ये झेंप गए और कहने लगे, 'मुआफ कीजिएगा, मैंने अपनी जान-पहचान की कोई दूसरी समझी थी।' "

सविता सरल स्वभाव से अपनी बात कह रही थी और पड़ोसिनें हंसी से लोट-पोट हुई जा रही थीं।

"मैं बोली, 'ध्यान से देख लो, जिसे तुम खोज रहे हो, वह कहीं मैं ही तो नहीं?' और हम दोनों सखियां हंस पड़ीं।"

यों प्रथम परिचय से शुरू करके सविता ने ब्याह होने तक की सारी कहानी कह सुनाई। इसमें घर वालों का विरोध, मार-पीट, अपना संकल्प-विकल्प और संघर्ष—कोई भी बात छूटने नहीं पाई। बिल्डिंग की स्त्रियों ने सुना तो स्तब्ध रह गईं। सिनेमा की नायिका उनके सामने सदेह बैठी थी।

"बहन, बुरा न मानो तो एक बात पूछूं?" शीला ने सारी कहानी सुनने के बाद कहा।

"एक नहीं, तुम दस पूछो।" सविता ने सहज भाव से उत्तर दिया और आगे कहा, "जब तुम्हारे मन में कोई बुराई नहीं तो मैं बुरा क्यों मानने लगी।"

"तुमने ऐसी क्या बात देखी जो इनपर रीझ गईं? हम तो इन्हें बहुत दिनों से जानती हैं, बेचारे बड़े ही सीधे हैं।"

"बस इनका यही सीधापन मेरे मन को भा गया।"

—सविता ने निस्संकोच उत्तर दिया और कुछ अजीब नाटकीय ढंग से मुस्कराई। सब स्त्रियां उसके मुख की ओर देखती रहीं। अब उनकी आंखों में आश्चर्य और उत्सुकता नहीं बल्कि सविता के प्रति श्रद्धा और प्रशंसा के भाव थे। अब उन्हें विश्वास हो गया कि प्रेम-विवाह यों ही नहीं

हो जाते। जो लड़कियां ऐसा कदम उठाती हैं, उनमें कुछ विशेषता अवश्य ही रहती है।

उधर श्यामसुन्दर, गोपालदास खन्ना, केदारनाथ चोपड़ा और विष्णु आदि एक कमरे में बैठे इसी विषय पर विचार कर रहे थे।

"जब इस लड़की को अच्छा पढ़ा-लिखा और बारोज़गार लड़का मिल सकता था तो समझ में नहीं आता कि इस बूदम की उसे कौन-सी अदा पसन्द आई।" गोपाल ने अत्यन्त गम्भीरता के साथ सिर हिलाते हुए कहा।

"जयदेव का यह गुण तो मानना ही पड़ेगा कि उसके मन में किसी प्रकार का छल-कपट नहीं और वह धुन का पक्का हैं।" श्यामसुन्दर ने उत्तर दिया :

"कमरा ढूंढने की ही बात ले लो, जब तक मिल नहीं गया, धरती-आकाश एक कर दिया।"

"गुण-वुण सब बेकार की बातें हैं।" केदार ने प्रतिवाद किया और छाती तानकर बड़े गर्व से कहा, "बात सिर्फ इतनी है कि औरत के पीछे जो कोई भी हाथ धोकर लगा रहता है वह उसीकी हो जाती है।"

उसे विश्वास था कि वह औरत के स्वभाव को सबसे अधिक समझता है, इसलिए उसने जो बात कही है वह अकाट्य और निर्विवाद सत्य है। शायद उसके इस विश्वास को बनाए रखने के लिए नरेश ने अपनी लम्बी ठुड्डी हिलाते हुए दार्शनिक ढग से कहा, "विवाह तो खैर हो गया। अब निबाह ले जाएं तब जानें।"

विष्णु जो अब तक चुप बैठा था, एकदम बोल उठा और उसने एक अच्छी-खासी कहानी कह सुनाई जिसका सारांश यह था कि जब वह लाहौर में था तो उसके पड़ोस में एक अंग्रेज़ महिला रहती थी–सभ्य और सुशिक्षित; सरस्वती कालेज में लड़कियों को पढ़ाती थी। उसने एक काले-कलूटे अगड़धूत हिन्दुस्तानी से ब्याह कर रखा था। बात कुछ समझ में नहीं आती थी। यह रहस्य समझने की मुझे बड़ी उत्सुकता थी। इत्तफाक से उस महिला ने मुझे संस्कृत पढ़ाने के लिए टीचर

रख लिया। तब मुझे उसकी अपनी ज़बानी मालूम हुआ कि उसको पिता जेहलम के इलाके में जंगल का बड़ा अफसर था और यह आदमी उनका एक अकिंचन नौकर। एक दिन जब वे जंगल में घूम रहे थे तो देखा कि एक भैंस नदी में बही जा रही है। नौकर को उसपर दया आई। वह झट नदी में कूद गया और भैंस को सींग से पकड़कर बाहर निकाल लाया। उसके इस साहस ने अंग्रेज़ महिला के मन को मोह लिया। माता-पिता ने बहुतेरा समझाया पर वह न मानी। आखिर ब्याह उसके साथ करके दम लिया।···

"और वह निबाह ले गई?" नरेश ने उसे टोका।

"खूब निभाई।" विष्णु ने उत्तर दिया, "दोनों मेरे पड़ोस में रहते थे। जब कभी उस अगढ़धूत को गुस्सा आता था तो वह उस बेचारी को मार-पीट भी बैठता था। कई बार ऐसा हुआ कि मैं ठीक झगड़े के समय पढ़ाने पहुंच गया तो उसने शिकायत के तौर पर सिर्फ इतना कहा, "देखा आपने, ये कितने बुरे हैं! मुझे अकारण मारते हैं।"

"संभव है कि अंग्रेज़ महिला के आचरण में कोई दोष हो और मर्द को इसी कारण गुस्सा आता हो।" गोपाल बोला।

"नहीं, उसके आचरण में तनिक भी दोष नहीं था।" विष्णु ने उत्तर दिया, "सच मानिएगा, वह अंग्रेज़ महिला बिलकुल सती-साध्वी थी। आप उसे अपने यहां की सावित्री और दमयन्ती समझिए।"

"मैं यह नहीं मानता।" केदार ने स्वभावानुसार ज़ोर से कहा, "अंग्रेज़ औरत का भला कौन विश्वास करेगा! ये कालेज की लौंडियां ऐसी ही होती हैं। किसी ऐसे ही टुचकल को आड़ बनाने के लिए ब्याह कर लेती हैं और फिर मनमानी करती हैं। देख लेना, वह भी कुछ ऐसी ही बात है, न हो तो मूंछें मुंड़वा दूं।"

किसीने उसकी बात का समर्थन नहीं किया और प्रतिवाद का तो सवाल ही पैदा नहीं होता था क्योंकि तब वह अपनी बात और भी ज़ोर से कहता। इसलिए श्यामसुन्दर ने यह अप्रिय विषय ही बदल दिया। वह सहज स्वर में बोला, "यारो! और बातें छोड़ो। लड़की ने जो

किया है और जिस अदम्य साहस का सबूत दिया है, उसकी दाद देनी पड़ती है।"

"यह तो आप ठीक फरमा रहे हैं।" गोपाल ने कहा, "लेकिन यह तो सोचिए कि इस संघर्ष से उसे प्राप्त क्या हुआ?"

"ज य दे व!"

—केदार ने मुंह बनाकर व्यंग्य-भाव से कहा और खिलखिलाकर हंस पड़ा। लेकिन इस हंसी में और किसीने उसका साथ नहीं दिया। वे इस समस्या पर गंभीरतापूर्वक विचार कर रहे थे। मानव-चरित्र का निकृष्ट पहलू दब चुका था, अब उज्ज्वल और श्रेष्ठ पहलू ही उनके सम्मुख था।

"प्राप्ति से हमें कोई सरोकार नहीं। यह उनका निजी मामला है।" नरेश ने फैसला दिया और महफिल उठ गई।

फिर इस फैसले का स्त्रियों के फैसले और निर्णय से आदान-प्रदान हुआ और धीरे-धीरे यह प्रेम-कथा उनके जीवन में और वातावरण में यों रच-बस गई जैसे इतर की एक बूंद पानी के तालाब में रच-बस जाती है।

सविता हिंदी का टाइप जानती थी और इत्तफाक से मशीन भी किसी मित्र से मांगी मिल गई थी। जयदेव अपने परिचित वकील द्वारा कुछ काम ले आता था और सविता उसे कर डालती थी। यों पैंतीस-चालीस रुपये महीना बन जाते थे और इसीमें पति-पत्नी गुज़र-बसर करते थे। महंगाई को देखते हुए पैंतीस-चालीस रुपये की कोई औकात नहीं थी। नवदम्पति को कई बार आधे पेट अथवा भूखे रहना पड़ता था।

जयदेव का जीवन ही अभाव में बीता था इसलिए उसे कोई कठि-नाई न थी। उसके लिए यह एक नया अनुभव था। जिस प्रकार बिना सोचे-समझे जीवन बिता रहा था उसी प्रकार बिना सोचे-समझे गृहस्थ

में प्रवेश किया था। इसमें उसे एक विशेष आनन्द का अनुभव हो रहा था और वह उसकी ज़िम्मेदारी को नये धर्म से दीक्षित प्राणी की तरह खुशी-खुशी निभा रहा था। सविता को भी कोई शिकायत नहीं थी। मनुष्य के सामने जब एक निश्चित ध्येय हो तो वह उसकी रक्षा के लिए हर दुःख और कष्ट हंसते-हंसते सह लेता है। वह आमदनी बनाने के लिए अधिक से अधिक मेहनत करती और प्रसन्न रहती।

चार-पांच महीने इसी प्रकार बीत गए।

मकान ढूंढने के बाद जयदेव के सिर पर दूसरी धुन सवार हुई कि अपने लिए अथवा सविता के लिए कोई स्थायी कार्य अथवा नौकरी तलाश करे। इसलिए वह एक बार फिर मित्रों और परिचितों से मिला और घोषणा की कि जब तक कोई काम मिल नहीं जाता, न वह खुद दम लेगा और न किसीको लेने देगा।

एक दिन उसे मालूम हुआ कि म्युनिसिपल स्कूल के लिए अध्यापिका की ज़रूरत है। वह तुरन्त किसीकी सिफारिश लेकर अधिकारियों से मिला। उन्होंने उसे अश्वासन दिया कि यह स्थान सविता को मिल जाएगा बशर्ते कि वह उसे आज ही इंटर्व्यू के लिए ले आए।

जयदेव यह आश्वासन पाकर लौटा तो उसका पांव धरती पर नहीं पड़ रहा था। वह सुखद भविष्य के मधुर स्वप्न देख रहा था और हवा में उड़ा जा रहा था। जी चाहता था कि आंख झपकने में ही घर पहुंचे और सविता को यह शुभ समाचार सुनाकर अपने साथ चलने को कहे।

पैसे की तंगी के कारण जयदेव प्रायः पैदल ही घूमता था। अब तो फासला भी अधिक नहीं था, यही कोई दस-बारह मिनट का था। लेकिन सुबह का वक्त था, बाज़ार में भीड़ अधिक थी। तांगों, मोटरों और साइकल-सवारों का तांता लगा था। जयदेव इस भीड़ से बेखबर मुंह से सीटी बजाता हुआ जल्द-जल्द चल रहा था। सहसा उसका पांव केले के छिलके से फिसला और इससे पहले कि वह संभलता, सामने से एक टांगा दौड़ता हुआ चला आया जिसका बम खटाक से उसकी छाती में

लगा। अगर कोचवान घोड़े को रोक न लेता तो बड़ी भारी दुर्घटना हो जाने की सम्भावना थी।

लोग इधर-उधर से दौड़े, उन्होंने जयदेव को सहारा देकर एक तरफ किया। वह कुछ देर बेसुध-सा बैठा रहा और फिर उठकर घर की ओर चल पड़ा। चोट अधिक आई थी और दर्द बराबर उठ रहा था लेकिन इसकी उसने कुछ भी परवाह नहीं की, उसे सविता को इंटर्व्यू के लिए लाना था।

इंटर्व्यू सफल रहा। अब नौकरी पा जाने में कुछ भी सन्देह नहीं था। इसलिए दिन खुशी-खुशी बीता। शाम को भोजन के उपरांत दोनों टहलने चले गए। लौटकर आए तो कुछ देर बातें करते रहे और फिर सो रहे। आधी रात के करीब सविता को जयदेव की कराहें सुनाई दीं और वह चौंककर उठ बैठी।

"क्यों, क्या बात है?" सविता ने व्यग्र स्वर में पूछा।

"यों ही छाती में कुछ दर्द है।" जयदेव ने अर्द्ध जागरित अवस्था में उत्तर दिया।

"छाती का दर्द है?"

—सविता ने दोहराया। छाती का दर्द मामूली बात तो नहीं होती! उसका हृदय शंका और भय के मारे ज़ोर-ज़ोर से धड़कने लगा। जयदेव की कराह निस्तब्ध और अंधेरी रात में गूंज रही थी।

"दर्द कहां होता है?" सविता ने पति की छाती पर हाथ फेरते हुए पूछा।

"यहां!" जयदेव ने उस जगह हाथ रख दिया जहां बम लगा था।

"यहां दर्द होने का क्या कारण है? क्या चोट लगी थी?"

"हां!"

"क्या कहा, चोट? वह कैसे?"

जयदेव ने धीरे-धीरे और कराहते हुए टांगे से टकराने की बात कह सुनाई।

"प्रिय, तुमने मुझे पहले क्यों नहीं बताया?" सविता आकुल

और व्यथित हो उठी और चिंतित स्वर में बोली, "उसके बावजूद तुम दिन भर दौड़ते-भागते रहे।"

सविता ने ध्यान से देखा। छाती के ऊपर न कोई निशान था और न किसी प्रकार की सूजन थी। जिस चोट का असर शरीर के ऊपर न होकर सिर्फ भीतर हो, वह तो और भी खतरनाक होती है।

"सुबह दिन चढ़े इसका एक्स-रे कराओ। छाती की चोट है। तुम सदा ही से बड़े बे-परवाह हो। ऐसी बे-परवाही अच्छी नहीं होती।"

जयदेव का जीवन सचमुच आवारगी और प्रमाद में व्यतीत हुआ था। उसने कभी किसी बात की चिंता नहीं की थी। दुनिया में जब कोई अपना कहने वाला न हो, और सदा अभाव ही देखना पड़े तो मनुष्य अपने शरीर के प्रति उपेक्षा का भाव धारण कर लेता है। वह समय की गति के साथ नदी में तिनके के सदृश बहता रहता है। जयदेव भी तिनके के सदृश बहता आया था, लेकिन अब उसके जीवन की धारा सहसा बदल गई थी; तिनका किनारे आ लगा था और एक रमणी ने प्रेम का मंत्र पढ़कर उसमें प्राण डाल दिए थे।

जयदेव ने सविता की आंखों में आंखें डालकर कहा, "तुम चिन्ता न करो। मामूली चोट है। मैं ऐसी चोटों का आदी हूं। सब ठीक हो जाएगा।"

सविता ने अंगीठी में कोयले सुलगाए और उसपर तवा रखकर रुई से छाती को सेंकना शुरू किया। जयदेव गर्दन एक ओर लुढ़काकर चुप लेट गया।

रात निस्तब्ध और शांत थी और आकाश पर तारे छिटके हुए थे। सविता का मन व्यग्र और विक्षिप्त था। उसमें तरह-तरह के विचार उठ रहे थे। लेकिन वह यह सोचकर चुप थी कि बात करने से जयदेव को कष्ट होगा। इसलिए वह सेंक कर रही थी और शून्य में झांक रही थी।

सहसा एक तारा टूटा और प्रकाश की एक लकीर दूर तक फैलाता हुआ आंखों से ओझल हो गया।

सविता का दिल धक से हो गया। उसने सुन रखा था कि जब कोई

तारा टूटता है तो किसी राजा, धनिक अथवा किसी महापुरुष की मृत्यु होती है। वह कोई अशुभ विचार मन में लाना नहीं चाहती थी। अतएव उसने आंखें बन्द कर लीं और सांस रोक ली, ताकि सोचने की शक्ति शिथिल और निष्क्रिय हो जाए। वह तो सिर्फ शिव और मंगल ही सोच सकती थी क्योंकि उसने जीवन को स्वस्थ और समृद्ध बनाने का संकल्प धारण किया था।

आंखें खोलीं तो सस्नेह पति की ओर देखा। उसे सेंकने से सुख मिला था और वह गहरी नींद सो रहा था।

उसे सोते देख सविता का मन शांत हुआ और वह भी पड़कर सो रही।

लेकिन सुबह उठकर देखा तो छाती पर सूजन थी। सेंकने से भीतर की चोट ऊपर आ गई थी। जयदेव को बोलने और खांसने में कष्ट होता था। बिल्डिंग के दूसरे लोग भी आ गए। बीमारी और दुःख-तकलीफ में इकट्ठे हो जाना उनका परम्परागत स्वभाव है। वे सिर्फ मौखिक सहानुभूति नहीं दिखाते, यथाशक्ति सहायता भी करते हैं।

विष्णु तुरन्त अपनी जान-पहचान के एक डाक्टर को बुला लाया जो निकट ही रहता था। उसने रोगी को देखा और दवा दे दी, लेकिन दर्द कम नहीं हुआ। जयदेव मुंह से तो कुछ नहीं कहता था—सविता के ख्याल से उसने अपनी कराहों को भी सीने में दबा रखा था—लेकिन उसके चेहरे की सिकुड़न से और गहरी आंखों से जो आन्तरिक वेदना और यातना व्यक्त होती थी, वह स्त्रियों की तीक्ष्ण और कुशल दृष्टि से छिपी न थी।

"बहन, इनका तो फोटो होना चाहिए। छिपी चोट है, जाने कैसी बैठे।" शीला ने कहा।

"फोटो के बिना डाक्टर भी कुछ नहीं कर सकता। देर होने से रोग और बिगड़ जाएगा।" विष्णु की पत्नी अमृती ने शीला की बात का समर्थन किया।

"हां बहन, तुम ठीक कहती हो। फोटो तो ज़रूर होगा। उन्होंने

कल नहीं बताया वरना मैं तो उसी समय एक्स-रे करवाती।" सविता ने विक्षिप्त स्वर में कहा।

सभी ने सहानुभूति और समवेदना प्रकट की। कल शादी हुई है और आज बैठे-बिठाए यह क्या मुसीबत आ पड़ी। नौ बजते-बजते जयदेव को बड़े अस्पताल ले जाया गया। श्यामसुन्दर और विष्णु भी सविता के साथ थे। पर्ची बनवाने के लिए लम्बे-लम्बे क्यू लगे थे। लोग जाने कब से आकर बैठे थे। भीड़ को देखकर ऐसा लगता था जैसे आधी दिल्ली बीमार होकर अस्पताल चली आई हो। डाक्टरों के पास इतनी फुरसत कहां कि रोगी को इत्मीनान से देख सके। एक विशेष नियम और विशेष ढर्रे के अनुसार सब कुछ हो रहा था। दवा मिल जाए इतना ही काफी था। बहुतेरे तो बिना पर्ची बनवाए निराश लौट जाते थे और उन्हें अगले दिन फिर क्यू में लगना होता था।

जिसके पास सिफारिश हो वह क्यू में लगने और शाम तक परेशान होने के इस लम्बे क्रम से बच जाता था। उसकी पर्ची झट बन जाती थी। डाक्टर उस मरीज़ को ध्यान से देखता था और दवा भी अच्छी देता था।

श्यामसुन्दर का अस्पताल के एक साधारण कर्मचारी से परिचय था। वह उसके पास पहुंचा।

"आइए श्यामसुन्दर जी। यहां कैसे पधारे? आपकी क्या सेवा कर सकता हूं?" कर्मचारी ने उसका सादर स्वागत किया।

"हमारे एक मित्र और पड़ोसी को टांगे की टक्कर से चोट आई है, उसे दिखाना है।" श्यामसुन्दर ने उत्तर दिया।

"तो मैं आपके साथ चलूं?"

"ज़रूर, मैं आपको बुलाने ही तो आया हूं।" श्यामसुन्दर ने मुस्कराकर उत्तर दिया।

उस कर्मचारी की सहायता से पर्ची झटपट बन गई। और वह उन्हें डाक्टरों के पास ले गया और डाक्टर ने देखभाल करके लिख दिया कि मरीज़ का एक्स-रे किया जाए। लेकिन बहुत दौड़-धूप करने के

बावजूद उस दिन एक्स-रे न हो सका। वे फिर जयदेव को घर ले आए। सारी रात बेचैनी में बीती। दर्द क्षण-क्षण बढ़ता जा रहा था।

दूसरे दिन फिर अस्पताल पहुंचे। अब श्यामसुन्दर बड़े डाक्टर के नाम सिफारिश ले आया था। एक्स-रे से मालूम हुआ कि दाएं फेफड़े में ज़ख्म आया है और पीप पड़ गई है। सिर्फ आपरेशन ही एकमात्र इलाज है।

सविता का बाप बेटी और दामाद की शक्ल तक देखने का रवादार न था। मगर मां ने बीमारी की खबर सुनी तो उससे न रहा गया। वह तुरन्त दौड़ी आई और जहां तक उससे हो सका रुपये-पैसे से बेटी की सहायता भी की। लेकिन रुपये-पैसे की सहायता का समय बीत चुका था। शुरू में अगर पैसा पास होता तो किसी सुयोग्य डाक्टर की सेवा प्राप्त की जा सकती और जयदेव किसी अच्छे प्राइवेट अस्पताल में दाखिल हो सकता था। उस समय शायद पैसे से काम बन जाता, मगर अब न बन सका। आपरेशन बिगड़ गया और जयदेव ने दूसरे दिन अस्पताल में दम तोड़ दिया।

सविता के सारे सपने धरे के धरे रह गए! उसने जिस अपूर्णता को पूर्ण बनाने की सोची थी, उसका तो आधार ही न रहा। जिसके लिए उसने सारे संसार को तज दिया था, वह खुद उसे तजकर चला गया। उसके लिए उसने आज तक किस-किसका उपहास-परिहास सहन नहीं किया था, लेकिन मृत्यु का यह परिहास बहुत ही विकट और भयंकरथा!

इस आघात ने सविता को संज्ञाहीन-सा बना दिया। खाने-पीने की तनिक सुध नहीं थी। जहां बैठ जाती, बैठी रहती। आंखें पथराई हुई थीं, साफ खुली होने पर भी कुछ दिखाई नहीं देता था। मां की आंखों से आंसू नहीं थमते थे। उससे बेटी का यह दु:ख नहीं देखा जाता था। तार देकर बेटे और बहू को बुलाया। कमलेश भी मायके में थी। खबर सुनते ही आ गई। उनके आने से कुछ ढाढ़स बंधी। सगे-सम्बन्धी

और प्रियजन इसीलिए तो होते हैं कि मुसीबत में दुःख बंटाएं।

लेकिन सगे-सम्बन्धी शोक मना सकते हैं, धीरज बंधा सकते हैं, पर जो चला गया है उसे वापस तो नहीं बुला सकते। कुछ दिन शोक मनाकर धीरे-धीरे सब चले गए। सविता दुःख से बोझिल हृदय को लिए अकेली रह गई।

"बेटी, तुम भी हमारे साथ चलो।" मां ने जाते समय आर्द्र स्वर में कहा था।

"मां, तुम जाओ। मैं यहीं रहूंगी।"

"पगली मत बन जो होना था, वह हो चुका। अब इस सूने घर में तुम अकेली क्या करोगी रहकर?"

"सूना है या आबाद, मेरा घर यही है। पहले उनके साथ रहती थी। अब उनकी याद को मन में लिए अकेली रहूंगी।"

"यह उम्र और यह दुःख! तुमने अभी देखा ही क्या है! सारी उम्र रोते-धोते कैसे कटेगी?" मां की आंखों में संवेदना और स्नेह के आंसू उमड़ आए, उन्हें पोंछकर वह फिर बोली, "आदमी से भूल-चूक हो ही जाती है। मेरी प्यारी बेटी, तुम अपने पिता से मत डरो, वे बड़े अच्छे हैं, तुम्हें क्षमा कर देंगे।"

"मां, मैंने न कोई भूल कीं है और न कोई अपराध किया है, फिर क्षमा कैसी? हां, जो-कुछ हुआ उसकी आशा न थी। लेकिन जीवन में ऐसा भी होता है जिसकी हम आशा और कल्पना नहीं करते। दुःख अवश्य होता है, लेकिन चुपचाप सहन कर लेना पड़ता है।"

मां के अलावा भाई-भावज ने समझाया। बहुत अनुनय-विनय करते हुए कहा कि अगर तुम पिता के पास जाना नहीं चाहतीं तो हमारे साथ चलो, वहीं रहना। मगर सविता जिस घर को एक बार विद्रोहिणी बनकर त्याग आई थी, उसमें लौट जाने को तैयार नहीं हुई। भाई और भाभी के प्रेम और सहानुभूति के लिए वह कृतज्ञ थी, लेकिन उसे पिता और भाई के घर में कोई अन्तर दिखाई नहीं देता था।

"आखिर न जाने का कोई कारण भी तो होगा।" उसकी भाभी

निर्मल ने कहा।

"कारण!" सविता ने दोहराया और वह संयत भाव से बोली, "कारण आप लोगों को खुद ही समझ लेना चाहिए था। मेरा ख्याल है कि कारण को समझते हुए भी न समझने का प्रयत्न किया जा रहा है……"

"तुम सदा की जिद्दी हो, हम तो इसे भी तुम्हारी ज़िद ही समझते हैं।" भाई ने बीच ही में टोका।

"जिद्दी मैं अवश्य हूं।" सविता उसी तरह संयत और गम्भीर बनी कहती रही, "लेकिन ज़िद जीवन का आधार तो नहीं बन सकती। ज़िद का भी कोई कारण होता है। बिना कारण ज़िद ज़िद नहीं, मूर्खता होती है।"

अब यह किसीका साहस नहीं पड़ा कि कोई सविता की ज़िद को मूर्खता की संज्ञा दे। कुछ क्षण मौन के बीते और फिर वह आप ही आप बोली, "ज़िद किसी सबल कारण से ही होती है। अगर आप मेरे यहां से न जाने का कारण सुनना ही चाहते हैं तो सुनिए।" वह एक क्षण रुकी और लम्बी गर्दन ऊपर उठाकर बोली, "मैं अगर पिता के घर जाऊंगी तो आप लोग मेरे अतीत से घृणा करेंगे। अगर मेरा ब्याह किसी व्यक्ति से दुबारा होगा तो वह व्यक्ति मेरे अतीत से घृणा करेगा और सम्भव है कि नई परिस्थितियों में मैं भी अपने अतीत से घृणा करने लगूं। लेकिन मैं अपने अतीत से न घृणा करती हूं और न करना चाहती हूं। मैं दुनिया भर को यह बात बता देना चाहती हूं कि मैंने कोई बात ऐसी नहीं की जिससे घृणा की जाए।"

वह कुछ भावुक हो चली थी, लेकिन उसकी आंखों में स्वाभिमान और विश्वास की चमक थी। अब और कुछ कहने-सुनने की गुंजाइश नहीं रह गई थी।

जिस व्यक्ति का मन जितना स्वस्थ होता है, उसके घाव उतनी ही जल्दी भर जाते हैं। जीवन का यही स्वभाव है। किसी विशेष क्षण

अथवा स्थिति को लेकर बैठे रहना व्यर्थ है। क्षण अतीत के गर्त में विलीन हो जाते हैं, मनुष्य ने जो कुछ पीछे खोया होता है, भविष्य उसकी क्षति-पूर्ति के लिए अपने दामन में बहुत-कुछ छिपाए रहता है, नई-नई सम्भावनाएं प्रस्तुत करता है। लेकिन कुछ क्षण ऐसे भी होते हैं जो अतीत के गर्त में कभी खोए नहीं जाते, जिन्हें मनुष्य अपने संघर्ष और संकल्प से अमरत्व प्रदान करता है, जो समाज और इतिहास की स्वस्थ परम्परा का स्थायी अंग बन जाते हैं; जो अति सुन्दर होते हैं और जो कथाओं और गीतों को जन्म देते हैं। स्वस्थ मन का व्यक्ति इन क्षणों से प्रेरणा पाकर भूत और वर्तमान को लांघकर आगे का कर्तव्य निर्धारित करता है। सविता स्वस्थ मन की नारी थी। उसने इतिहास के अमर क्षणों से प्रेरणा प्राप्त ही नहीं की थी, बल्कि अपने आचरण और व्यवहार से एक नई कहानी को जन्म दिया था। उसे विश्वास था कि यह कहानी भी दुःखांत नहीं अपितु दादी से सुनी हुई लोककथा के सदृश सुखान्त होगी। उसने जयदेव के साथ प्रेम के जो क्षण व्यतीत किए थे, उनकी सुखद स्मृति को वह अपने रक्त से सींचकर साकार बना रही थी। इन थोड़े-से दिनों में उसने इतने लम्बे-लम्बे डग भरे थे कि नारी-जीवन के विकास की कई मंज़िलें एकसाथ तय कर ली थीं। नारी अपने महान् और पवित्र रूप में मां होती है। बेटी, बहन और पत्नी इस परम और प्रौढ़ अवस्था को प्राप्त करने के प्रारम्भिक चरण मात्र हैं। मां बनने का मधुर स्वप्न सविता के मन को गुदगुदा रहा था।

"बहन, सब कुछ खो दिया अथवा कुछ बचा भी?"

—एक दिन कमलेश ने पूछा। सविता को यह बुझारत समझने में देर नहीं लगी।

"बहुत-कुछ बचा है।" सविता ने उत्तर दिया, "मुझे उनके न रहने का मलाल तो है और रहेगा लेकिन······"

वह शर्मा गई और उसका मधुर स्वप्न मुस्कान बनकर होंठों पर बिखर गया।

सखी की इस मधुर मुस्कान से कमलेश का मन भी खिल उठा, बोली,

"बहन, मुझे उनका वह रूप कभी नहीं भूलता जब उन्होंने बैसाखी के मेले पर हमें 'नमस्ते' की थी और फिर चौंककर कहा था—'मुआफ करना, मैं अपनी जान-पहचान की कोई दूसरी समझा था।' तब तुमने हंसकर उत्तर दिया था—'घबराने की कोई बात नहीं। पहले जान-पहचान नहीं थी तो अब हो जाएगी।' एक साधारण-सी घटना जीवन की समूची धारा को कैसे बदल देती है—सोचती हूं तो आश्चर्य होता है।"

"इसमें आश्चर्य की कोई भी बात नहीं, जीवन बहुत-सी भूलभुलैयों में से होकर गुज़रता है। कौन मार्ग किधर जाएगा, यह पूर्वनिश्चित नहीं होता। और एक पूर्व निश्चित मार्ग पर चलने में न कोई आनन्द है और न कला है। चलते-चलते जो स्थिति उत्पन्न हो जाए उसके अनुसार अपना कर्तव्य निर्धारित करना और हंसते-हंसते हर मोड़ घूम जाना ही असल जीवन है।"

"लेकिन, बहन, हमारे जैसे लाखों-करोड़ों साधारण व्यक्तियों को तो भूलभूलैयों की कल्पना से ही भय आता है। वे तो सीधे-सादे पूर्वनिश्चित मार्ग पर चलते रहने में ही सुख मानते हैं। चलते-चलते तनिक ठोकर लगती है तो आंखें खुलती हैं और बिलबिला उठते हैं।"

—कहते-कहते कमलेश का स्वरबदल गया और उसके मुख पर अवसाद की काली रेखा दौड़ गई। सविता ने इस रेखा को देख लिया और उसके सामने कमलेश के जीवन का एक परिच्छेद खुल गया। उसे यह समझने में देर नहीं लगी कि सखी को चलते-चलते अवश्य कोई ठोकर लगी है और वह अपनी अन्तरात्मा में कोई तीव्र पीड़ा छिपाए हुए है।

"बहन, मैं तो अपने ही दुःख में इतना उलझी रही कि तुम्हारे बारे में कभी एक बात भी नहीं पूछी। यह मेरा स्वार्थ है या मूर्खता, मैं भी नहीं कह सकती। शायद स्वार्थ और मूर्खता दोनों हैं। हम अपने-आपमें इतना डूब जाते हैं कि दूसरों के बारे में सोचते तक नहीं। तुम्हारा ब्याह हुआ, मैं नहीं जा सकी, लेकिन अब यह तो पूछ लेती कि बहन तुम्हारा नया जीवन कैसा है। जीजाजी गुण-स्वभाव के कैसे हैं। तुम उनसे सन्तुष्ट तो हो? तुम्हें यहां आए दो-ढाई महीने हो गए, कभी उनके पत्र तक की

चर्चा भी नहीं की। और वे ऐसे क्या व्यस्त रहते हैं, उन्हें यहां एक बार बुला ही लेतीं। आते तो मैं भी देख लेती।"

सविता ने आज इतने दिनों के बाद कमलेश के ब्याह और पति की बात छेड़ी थी और वह सचमुच इस विषय में बहुत कुछ जानना चाहती थी। इसीलिए उसने एकदम इतनी बातें कह डालीं। कमलेश सखी के मुख पर दृष्टि गड़ाए चुपचाप सुनती रही। वह कितने दिनों से यह प्रसंग छेड़ने के लिए आकुल थी और उसके मन में सविता को सुनाने के लिए इतनी बातें थीं कि बाढ़ की तरह उमड़-उमड़कर आती थीं। मगर वह होंठ सी लेती थी; कहने का मन होते हुए भी अपनी बात सखी से कहते सकुचाती थी। कारण वह घटना थीं जो ब्याह से पहले घटी थी। सविता के तन पर उसका कोई असर न था, मगर कमलेश उसे भुलाने में असमर्थ थी। कहां दोनों की जीवन-धारा गंगा-जमुना की भांति एकसाथ बह रही थी और कहां सहसा बीच में जयदेव आ खड़ा हुआ और वे अलग-अलग बहने लगीं। अब जयदेव की मृत्यु ही उन्हें एक-दूसरे के निकट ले आई थी। कमलेश के मन में संवेदना के साथ क्षोभ और पश्चात्ताप भी था, लेकिन सविता के मन में सखी के प्रति प्रेम और स्नेह के अतिरिक्त और कुछ नहीं था। वह उसके जीवन को अपने जीवन में बांध लेना चाहती थी। इसीलिए उन्मत्त-सी इतनी बातें एकसाथ कह गई थी और इसीलिए कमलेश मंत्रमुग्ध-सी उसकी ओर देखती और सुनती रही थी।

"बहन, वे पत्र लिखते तभी तो मैं पत्र की चर्चा करती।"

—कुछ क्षण मौन रहने के बाद कमलेश ने कहा।

"क्या मतलब? वे पत्र भी नहीं लिखते?" सविता स्तब्ध रह गई।

"नहीं।"

"क्या तुमसे कुछ नाराज़ रहते हैं?"

"नाराज़ नहीं रहते।" कमलेश ने हाथ की अंगुलियां मटकाते हुए कहा, "रहते तो खुश ही हैं, लेकिन उनका स्वभाव ही ऐसा है।"

सविता को कौतूहल-सा हुआ। वह उत्सुकता में भरी सखी की ओर

देखती रही। कमलेश फिर बोली, "मैं यहां मां के पास रहूं तो भी वे खुश हैं, वहां उनके पास रहूं तो भी खुश हैं।"

"इसका तो यह मतलब हुआ कि ब्याह हो गया तो भी खुश हैं, न हुआ होता तो भी खुश थे।" सविता ने आलोचना की।

"स्थिति यह नहीं, इससे कुछ भिन्न है। यही चर्चा एक दिन मैंने भी छेड़ी थी और ठीक यही वाक्य कहा था कि ब्याह हो गया तुम तब भी खुश हो और न हो गया होता तो तब भी खुश थे। उन्होंने विद्रूप भाव से मुस्कराते हुए उत्तर दिया था, 'कमलेश, तुम भूल करती हो। ब्याह एक सामाजिक आवश्यकता है। जिसके पास साधन हैं, उसकी प्रत्येक आवश्यकता पूरी होती है और वह पूरी करता भी है। ब्याह मेरा ज़रूर होना था। तुमसे न होता तो किसी और से होता।' वे चुप हो गए।

"लेकिन मैंने कहा, 'क्या तुम यह नहीं मानते कि ब्याह एक व्रत है—धार्मिक और पवित्र बंधन है?' तब वे ज़ोर से हंसकर बोले, 'इससे दो आत्माओं में प्रेम-संबंध स्थापित होता है अथवा यों कहो कि जब मनुष्य को तर्क और बुद्धि से डर लगता है तो वह भावुक बन जाता है और व्रत, धर्म, पवित्र जैसे न जाने कैसे-कैसे शब्दों से मन बहलाता है। कमलेश, अगर हम भावुक न बनें, ज़रूरत को ज़रूरत ही कहें और उसे प्रेम की संज्ञा न दें तो इसमें क्या हर्ज है?' वह दिन सो वह दिन, इसके बाद मेरी तो यह हिम्मत नहीं पड़ी कि उनसे इस प्रकार की कोई चर्चा छेड़ी जाए।"

सविता ने कमलेश के पति को देखा नहीं था। अब एक ऐसे व्यक्ति का चित्र उसके कल्पनापट पर उभरा, जिसके भीतर हलचल है और मन में असंतोष, कटुता है लेकिन ऊपर से खुश रहता है। इस खुशी का कारण यह है कि वह कोनीन को कोनीन समझकर खाता है, उसपर खांड चढ़ाना उसे पसन्द नहीं है।

"आम तौर पर जीवन कैसे बिताते हैं?" उसने पूछा।

"वे बिताते कहां हैं, जीवन आप ही आप बीत रहा है।"

—कमलेश ने उत्तर दिया और फिर बोली, "पिता ने काफी धन कमाया है। किसी बात की चिन्ता नहीं है। फिर वे खुद भी अच्छे वकील हैं। सुबह उठकर मुकदमों की तैयारी करते हैं। कचहरी से लौट-कर क्लब चले जाते हैं। रात गए लौटते हैं। कभी घर पर दोस्त आ जाते हैं, खूब गपशप होती है और ताश खेली जाती है। बस, जीवन इसी प्रकार बीत रहा है। ऊंचे सपने उन्होंने न कभी देखे हैं और न देखना चाहते हैं।"

"तुम्हारा उनके जीवन पर कुछ प्रभाव नहीं पड़ा और न तुमने डालने का प्रयत्न किया?"

"मेरा प्रयत्न वहां क्या चलता! वे ब्याह को समाज की एक ज़रू-रत समझते हैं और मैं भी ज़रूरत समझकर चुप हो रही।"

"मानो तुमने भी स्वीकार कर लिया कि जैसे जीवन बीत रहा है, बीतने दो।"

"जब यह स्वीकार कर लिया था कि ब्याह जैसे होता है होने दो, तो यह कैसे स्वीकार न करती कि जीवन जैसे बीत रहा है बीतने दो।" कमलेश के चेहरे पर फिर वही अवसाद की रेखा दिखाई दी। मगर उसके स्वर में किसी प्रकार का उतार-चढ़ाव नहीं हुआ। वह संयत ढंग से कहती रही, "जैसे वे रहेंगे, मैं भी रहूंगी। उन्हें सर्वस्व मानकर आत्मसमर्पण किया है। हरएक भारतीय नारी यही करती है। तुम्हारे अड़ोस-पड़ोस में जो इतनी महिलाएं बसती हैं, उनमें से किसने किसको प्रभावित किया है? क्या उन सबने आत्मसमर्पण नहीं कर रखा? जैसे उनके पति रहते हैं, उन्हें रखते हैं, वे भी रहती हैं। मेरे साथ भी यही होना था और हुआ है। मैं भी उन्हीं में एक हूं। मैंने अपने सारे सपने भुला दिए हैं।"

कृत्रिम संयम कायम न रह सका। अन्त में कमलेश का दम फूल गया और चेहरे का रंग स्याह पड़ गया और उसने अपराधी की भांति आंखें झुका लीं।

"बहन, सपनों को भुलाना इतना सहज नहीं है," सविता ने संवेदना और स्नेह के स्वर में कहा, "अड़ोस-पड़ोस में जो हज़ारों-लाखों बहनें

रहती हैं, उनसे हमारी-तुम्हारी तुलना कैसे होगी? उन्होंने न कभी कोई स्वप्न देखा, और न यह सोचा कि वे किसी प्रकार का आत्मसमर्पण और त्याग कर रही हैं। एक विशेष प्रकार के संस्कारों में उनका लालन-पालन होता है, उन्हींमें ब्याह होता है और उन्हींमें मृत्यु होती है। उनका जीवन सदियों से ऐसे ही चलता आया है। मगर हम जो एक नये जीवन और नये समाज के स्वप्न देख लेती हैं, न तो इस पुराने समाज के पुराने संबंधों को बदल सकती हैं और न अपने-आपको उनके अनुरूप ढाल पाती हैं। हमारी पढ़ाई और शिक्षा वरदान न बनकर अभिशाप बन जाती है।"

"फिर इस पढ़ाई और इन सपनों से क्या लाभ?"

"जीवन बनिए की दुकान नहीं कि हानि-लाभ का हिसाब रखा जाए।" सविता ने मुस्कराते हुए उत्तर दिया और कहा, "स्पप्न देखना मनुष्य का स्वभाव है। उसने स्वप्न हमेशा देखे हैं। व्यक्ति हार जाए, मगर स्वप्न कभी हार नहीं मानते, उनका संघर्ष जारी रहता है। आखिर समाज बदलता है, पुराने संबंध बदलते हैं, स्वप्न साकार होते हैं और जीवन आगे बढ़ता है।"

सविता में अब उच्छृङ्खलता और विलक्षणता का नाम मात्र भी नहीं था। जैसे कोई धीर गम्भीर व्यक्ति शाश्वत स्वर में शाश्वत बात कहता है, वैसे ही उसने ये सब बातें कही थीं। कोई व्यक्ति-विशेष उनका लक्ष्य न था। उसने तो बिना किसी द्वेष, व्यंग्य और घृणा के ऐतिहासिक सत्य प्रस्तुत किया था। कमलेश ने स्नेह और श्रद्धा से उसकी ओर देखा। सविता के मुख पर सख्य और बन्धुत्व का भाव अकित था। कमलेश का मन हर्ष और उल्लास से भर गया। उसमें जो मालिन्य अटका हुआ था वह स्नेह की तेज़ बूंदों से धुल गया। वह अपनी अंतरंग सखी को एक बार फिर अपने निकट पाकर बोली, "बहन, तुम्हें मालूम है कि परसों बैसाखी है?"

"हां, मालूम है।" सविता ने उत्तर दिया।

"मैं चाहती हूं कि हम दोनों एकसाथ जमुना पर चलें।"

"जैसी तुम्हारी खुशी।"

"देखो।" कमलेश ने कार्निस पर रखा हुआ जयदेव का चित्र हाथ में उठा लिया था और वह उसीको दिखाकर कह रही थी, "जीजाजी के होंठों पर वही मुस्कान है जो उस समय थी जब वे हमें पहली बार मिले थे और उस समय थी जब मैंने सिनेमा के बाद उन्हें 'बैजू बावरा' कहा था।"

उसी समय श्यामसुन्दर ने कमरे में प्रवेश किया और उस चित्र को देखकर बोला, "बड़ा सुन्दर फोटो है! आपने पहले तो कभी हमें दिखाया नहीं।"

"मेरे पास ट्रंक में रखा था, कल ही फ्रेम करवाकर लाई हूं।" सविता ने कहा।

"अगर आप आज्ञा दें तो मैं इसके आधार पर एक बड़ा चित्र बना दूं।"

"नेकी और पूछ-पूछ। और क्या चाहिए! मैं आग्रह करूंगी कि आप ज़रूर बनाएं।"

श्यामसुन्दर ने भी इस मुस्कान के अद्भुत आकर्षण को सराहा और जयदेव से अपने पुराने संबंध और मित्रता का बखान किया। यह प्रसंग काफी देर तक चलता रहा।

बल्डिंग के लोग अपने काम में व्यस्त रहते थे। सौ, डेढ़ सौ—जितना किसीसे बन पड़ता था कमाकर लाता था। स्त्रियां पुरुषों की इस कमाई से घर-गृहस्थी चलाती थीं। मुंह-अंधेरे अंगीठियां सुलगना शुरू होती थीं और एक बार सुलगकर रात को कहीं नौ-दस बजे शांत होती थीं। चाय बनाना, भोजन तैयार करना, कपड़े धोना, बच्चे पालना और फिर दाल-सब्ज़ी, कोयला, आटा, कपड़ा—हरएक चीज़ बाज़ार से खरीदकर लाना और दो-दो पैसे की बचत के लिए मील-मील भागते

फिरना—इन्हीं बातों में जन्म बीत जाता था। इसीलिए ब्याह होता था और इसीका नाम गृहस्थी था। सब जीवन की गाड़ी में जुते हुए थे और ज्यों-त्यों उसे चला रहे थे। सुस्ताने और आराम करने का अवकाश बहुत कम था। महीने में एक-आध बार कोई परिवार सिनेमा देख आता था अथवा खाने की सामग्री साथ लेकर दिन कहीं बाहर पिकनिक में बिता आता था तो प्राणघातक एकरसता भंग होती, चेहरों पर ताज़गी आ जाती और दूसरों को सिनेमा अथवा पिकनिक की बातें बार-बार सुनाने में मज़ा आता—छोटी-छोटी बातें और तुच्छ घटनाएं कितनी रोचक जान पड़तीं।

सदियों से यों ही रहते-रहते स्त्रियों और पुरुषों का यह स्वभाव बन गया था। उन्हें यह एकरसता और कटुता अधिक अखरती न थी। वे इसीमें प्रसन्न थे और कई बार तो कुएं के उस मेंढक की भांति जो अपने शरीर को अधिक से अधिक फुलाकर बैल के बराबर दिखाना चाहता था, वे भी अपनी तुच्छ गृहस्थी को और छोटी-छोटी सफलताओं को बढ़ा-चढ़ाकर दिखाने का प्रयास करते थे।

कल नरेश की पत्नी माधुरी मुहल्ले भर में मिठाई बांटती घूम रही थी।

"बहन, यह किस बात की मिठाई बांटी जा रही है?" गोपाल की पत्नी पुन्नी ने पूछा।

"हमारे बलवंत की नौकरी लगी. है।" माधुरी ने मुस्कराते हुए उत्तर दिया।

"अच्छा, नौकरी लग गई? बड़ी खुशी की बात है। तुम्हें बहुत-बहुत बधाई हो।"

"हां बहन, खुशी की बात तो है ही। लड़का साल भर से बेकार घूम रहा था। उसे कुछ भी अच्छा नहीं लगता था। इधर हम परेशान थे और उधर उसके ससुराल वाले ज़ोर दे रहे थे कि ब्याह ले लो।"

"चलो भगवान् ने तुम्हारी सुन ली। लड़के की नौकरी लग गई। अब तो ब्याह भी जल्दी ही कर दोगी?"

"ब्याह में भी महीना सवा महीना रह गया। उसके बहुत ज़ोर देने पर हमने जेठ का ले लिया था।"

"तब तो बहन दुहरी बधाई हो। ब्याह की बात हमें तो पहले मालूम ही नहीं हुई।"

माधुरी मुस्कराकर जाने लगी तो पुन्नी ने फिर पूछा, "बहन, तुमने यह तो बताया ही नहीं कि बलवंत की नौकरी कहां लगी।"

"टेलीफोन के दफ्तर में।" वह जाते-जाते रुक गई।

"क्या तनख्वाह मिलेगी?"

"अभी तो अस्सी मिलेंगे और आगे तरक्की हो जाएगी।"

"आजकल काम मिल जाए इतना ही बहुत है। फिर यह तो पक्की नौकरी है। डेढ़ पौने दो सौ वे लाते हैं, अस्सी बेटा लाएगा। इसीसे तुम्हारा हाथ खुल जाएगा।"

"बहन, तुम जानती हो, हाथ तो मैंने कभी तंग नहीं किया। सारे खर्च यों ही चलते रहते हैं। रू-रू करने में क्या पड़ा है? मैं तो इसे बेकारी के दिनों में भी दस रुपये महीना जेबखर्च देती रही हूं। सोचती थी कि बराबर का लड़का है। किसी बात के लिए दिल थोड़ा न करें।" माधुरी की आंखें गर्व और उल्लास से चमक उठी थीं।

जब वह चली गई तो पुन्नी ने पति से कहा, "देखा, पति-पत्नी दोनों कितने पक्के हैं! घर की बात ज़रा भी बाहर नहीं निकालते। लड़के की जब नौकरी लग गई तब पता चला और ब्याह की बात किसीसे आज तक नहीं की।"

गोपाल पत्नी का आशय समझ गया और तुनककर बोला, "ढिंढोरा कौन पीटता है? सभी ऐसा करते हैं।"

"क्या कहने, तुम भी ऐसा ही करते होगे। तुम्हारे पेट में तो पानी भी नहीं पचता।" पत्नी ने कटाक्ष किया।

"बताओ, मैंने कौन-सी बात किससे कही?"

"भला यह बताओ, तुमने कौन-सी बात किससे नहीं की? दो महीने से चिल्ला रहे हो—मुझे इस हफ्ते छह हज़ार क्लेम का मिल जाएगा जो

आज तक नहीं मिला। और कौन नहीं जानता कि तुम्हारे सात सौ रुपल्ली बैंक में जमा हैं। तुम्हीं सोचो, ये बातें कोई कहने की होती हैं!"

एक खिन्न हंसी गोपाल के होंठों पर दौड़ गई और वह लजाकर बोला, "अच्छा, तुम चाय बनाओ। मैं नरेश को बधाई दे आऊं।"

माधुरी जैसे-जैसे सुख-संवाद पहुंचा रही थी, मर्द नरेश के पास पहुंच रहे थे। वे उसे बधाई देते थे और पांच-सात मिनट गपशप करते थे। उन्हें ऐसे अवसर सौभाग्य से मिलते थे।

"सुनते भी हो, मैं क्या कह रही हूं।"

"क्या? मैंने नहीं सुना।" श्यामसुन्दर पत्नी का तीखा स्वर सुनकर चौंका।

"यह खोए-खोए-से क्या सोचते रहते हो?" एक मिनट का मौन बीता।

"मैं सोच रहा था···" श्यामसुन्दर कहते-कहते रुक गया, "चलो छोड़ो, क्या करोगी सुनकर?"

उसने निःश्वास छोड़ा और सिर कुर्सी की पुश्त पर टेक दिया।

जो शब्दों में नहीं कहा, कठोर और गंभीर मुख मुद्रा ने उससे कहीं अधिक कह दिया। उसकी खुली और स्थिर आंखों में चिरसंचित मधुर स्वप्नं टूक-टूककर वेदना की सृष्टि कर रहे थे और उसके हृदय के घाव इन स्वप्नों की असामयिक मृत्यु पर खून के आंसू बहा रहे थे।

शीला पति के निकट आ गई और उसका सिर दोनों हाथों में थामकर स्नेह-सिक्त स्वर में बोली :

"तुम दिल क्यों थोड़ा करते हो? जिस प्रकार और इतनी दुनिया रहती है, हम रह रहे हैं।"

श्यामसुन्दर उसी प्रकार सिर कुर्सी की पुश्त पर रखे बैठा रहा और शीला के हाथों के सुखद स्पर्श को अनुभव करता रहा। वह कुछ देर यों ही बैठा रहा और पत्नी के शब्दों पर विचार करता रहा। उसने ये शब्द पहले भी कई बार सुने थे। लेकिन अब उसे ऐसा लगा जैसे वे छोटे-छोटे पक्षियों के रूप में उसके सामने उड़ रहे हैं। उड़ते-उड़ते जब वे

थक गए तो दीवार के निकट छत पर बैठ गए। श्यामसुन्दर ने उनकी ओर देखा और विद्रूप भाव से मुस्कराया।

"अच्छा बताओ, तुम मुझे क्या कह रही थीं?" उसने शीला का हाथ पकड़कर और उसे अपने सामने लाकर पूछा।

"सतीश के कान की फुंसी फैल गई है। उसे अस्पताल में ले जाकर दिखलाओ।"

"तुम खुद ही ले जातीं।"

"मुझे बहुत-से काम हैं। आटा खत्म हो गया है। गेहूं साफ···"

"अच्छा, अच्छा, तुम उसे तैयार कर दो, मैं ही ले जा रहा हूं।"

"मैं उसे तैयार करती हूं। तुम जाकर बलवन्त के पिता को बधाई दे आओ।"

"क्यों, क्या बात है?"

"लड़के की नौकरी लगी है।"

"क्लर्क ही लगा है, जज तो नहीं बना। इसमें बधाई देने और खुश होने की ऐसी कौन-सी बात है?"

"जब सब जा रहे हैं, तुम भी हो आओ, हमें भी तो दुनिया के साथ ही चलना है। इसमें तुम्हारा क्या हर्ज है?"

"अच्छा, हो आता हूं।"

वह चला गया और शीला लड़के को अस्पताल ले जाने के लिए तैयार करने लगी।

श्यामसुन्दर एक चित्रकार था और उसने लड़कपन से ही यह शौक पाल रखा था और एक बड़ा कलाकार बनने का स्वप्न देखते-देखते ये दिन आ गए थे। इस समय उसकी अवस्था इकतालीस-बयालीस साल थी, जिसका मतलब था कि आधी से अधिक आयु बीत चुकी थी। अब उसका एकमात्र काम फिल्मों के बैनर, पैनल और शो कार्ड बनाना

रह गया था। वह सुबह-शाम एक्टर-एक्ट्रेसों के फोटो हाथ में लिए उन्हें बार-बार ध्यान से देखता, उनकी मुखमुद्रा, उनकी भृकुटि और देखने और मुस्कराने के अंदाज़ तक रंगों में ढालता रहता। वह कभी कृत्रिम प्रेम के और कभी युद्ध के दृश्य अंकित करता। काम करते-करते वह प्रायः ऊब जाता। उसे अपने मन और मस्तिष्क में थकान और व्यथा का अनुभव होता और वह तूलिका हाथ में लिए एक कदम पीछे हट जाता। उसे लगता मानो इन चित्रों में वह रंग के बजाय अपने हृदय का रक्त भर रहा हो···

अपनी कला—अपनी आत्मा को सिक्कों में ढालते समय एक सच्चे लेखक और कलाकार को जो दुःख महसूस होता है, वह श्यामसुन्दर को भी होता। लेकिन क्या करे! विवश था, विक्षुब्ध मन से तूलिका चलाए जाता। इस महाजनी समाज में प्रत्येक वस्तु बिकती है। वह भी अपनी कला बेचकर आजीविका कमाता था।

कभी ऐसे भी दिन थे जब वह अपने-आपको स्वतंत्र कलाकार समझता था और अपने मन से चित्र बनाया करता था। जीवन के किसी अनुभूत सत्य को अभिव्यक्ति प्रदान करके मन हर्ष और उल्लास से भर जाता था। लेकिन जब से एक अन्य व्यक्ति की, घर-गृहस्थी जुटाने की ज़िम्मेदारी उसने सिर पर ले ली थी, तब से बैनर बनाने का पेशा अपनाया था। शुरू में उसका मन इस काम में बिलकुल न लगता था। वह जंगल के स्वच्छंद पक्षी की भांति पंख फड़फड़ाकर उड़ जाता, महीनों इधर-उधर भटकता और अव्यवस्थित जीवन व्यतीत करता। शीला बेचारी मायके चली जाती और माता-पिता के आश्रय में दिन काटती।

इस कारण दोनों जने दुःखी रहते।

जब शीला ने पहली सन्तान को जन्म दिया, तब श्यामसुन्दर ने अपने दायित्व को समझा और वह इस कार्य में मन लगाने लगा। धीरे-धीरे परिवार बढ़ता गया और उसकी ज़िम्मेदारी भी बढ़ती गई। अब वह तीन बच्चों का पिता था। दो बच्चे स्कूल जाते थे। घर का खर्च काफी बढ़ गया था। उधर वह जो काम करता था, उसके मार्केट दर दिन-

दिन गिरते जाते थे। पहले जिस सैट के हज़ार-बारह सौ आसानी से मिल जाते थे, अब छह-सात सौ में तैयार कर देना पड़ता था। इसीलिए मेहनत अधिक करनी पड़ती थी। फिर सैट तैयार कर देने से कहीं कठिन काम पैसे वसूल करना था। बार-बार चक्कर लगाने पड़ते और इन चक्करों की किसी मद में गिनती न होती थी। उसके दूसरे साथी चित्र बनाते, उसका अपना सारा समय प्रायः काम लाने और पैसे वसूल करने में ही चला जाता और उसे यह बात बहुत खलती।

घर में लगे अपने चित्रों को वह हसरत से देखता—देखता रहता। इन्हें बनाते समय उसने जो मधुर स्वप्न देखे थे, वे धीरे-धीरे सजीव हो उठते। बीते दिनों की याद आती और लगता—उसने सारा जीवन व्यर्थ खो दिया है। वह उत्साह की जो अतुल पूंजी लेकर चला था, उसमें से अब कुछ भी शेष नहीं रह गया और उसे रास्ते में कहीं न कहीं अवश्य ठग लिया गया है।

कला का प्रेम बीते दिनों की एक स्मृति मात्र थी। अब उसने बच्चों के प्रेम को ही जीवन का आधार बना रखा था। वह उनके लिए ही सारे पापड़ बेलता, अपने हृदय के रक्त को रंगों में ढालता। मगर अफसोस इस बात का था कि उनके लिए भी कुछ कर न पाता था। दवाई भी अस्पताल से आती थी और मकान बदलने की साध पूरी न होती थी। जिन बच्चों की परवरिश ही ढंग से न हो रही हो, वे आखिर स्वप्न भी क्या देखेंगे? व्यक्तित्व के पूर्ण विकास के लिए भरपूर जीवन बिताना आवश्यक है····

'श्यामसुन्दर, तुमने भी तो कभी वानगाग बनने के स्वप्न देखे थे!' वह अपने-आपपर व्यंग्य करके विद्रूप भाव से मुस्करा उठता।

दूसरे ही क्षण वानगाग का सारा जीवन उसकी दृष्टि में घूम जाता और वह सतर्क होकर व्यंग्य का उत्तर देता :

'अगर शीला मेरे जीवन में न आई होती तो मैंने भी भूखा-प्यासा रहकर और लड़-झगड़कर दुनिया से अपनी प्रतिभा का लोहा मनवा लिया होता।'

'अब भी अहं की पूजा नहीं छूटी!'

'क्या, क्या? अहं की पूजा?'

'हां, हां। यह अहं की पूजा नहीं तो और क्या है?'

इस कल्प-विकल्प और जीवन की कठोर परिस्थितियों ने उसे गंभीर और विचारशील बना दिया था। जब असंतोष बढ़ता और जी सारे बन्धन तोड़-ताड़कर भाग जाने को करता तो शीला सामने आ खड़ी होती और मुस्कराते हुए कहती :

"तुम दिल क्यों थोड़ा करते हो? जैसे और दुनिया रहती है, हम भी रह रहे हैं।"

नारी का त्याग पुरुष से महान् है। उसने सामाजिक और पारिवारिक जीवन को आगे बढ़ाने के लिए अपने-आपको मिट्टी में मिला रखा है। इसलिए उसके शब्द अधिक ठोस और यथार्थ होते हैं।

आज उसने एक डिस्ट्रिब्यूटर के यहां पांच चक्कर लगाए थे, लेकिन पैसे नहीं मिले थे। इसलिए वह विक्षुब्ध और उदास था और शीला के शब्द याद करके अपने मन को सांत्वना दे रहा था कि इसी समय विष्णु ने कमरे में प्रवेश किया।

"आओ मित्र, बैठो।" श्यामसुन्दर ने मुस्कराते हुए उसका स्वागत किया।

"क्या सोच रहे थे?"

"कोई खास बात तो नहीं, एक मुहावरा याद आ रहा था जो शायद तुमने भी पढ़ा होगा।"

"क्या?"

"बारह बरस दिल्ली में रहे और भाड़ ही झोंका।"

"अवश्य पढ़ा है।"

"स्कूल में पढ़ा था, उस समय ठीक-ठीक समझ में नहीं आया था। अब सोचता हूं तो लगता है कि वह मुहावरा हमारे ही लिए लिखा गया है।"

विष्णु ज़ोर से हंसा और फिर उसकी बात का समर्थन करते हुए

बोला, "तुम ठीक ही कहते हो। आठ-नौ साल दिल्ली में रहते हो गए। तीन-चार साल रहे। वे भी इसी प्रकार बीत जाएंगे।"

"तीन-चार ही क्यों, पता नहीं कितने साल बीतेंगे। अपनी उम्र में यह समाज बदलता नज़र नहीं आता।"

विष्णु ने श्याम के मुख की ओर देखा। वह आंखों में झांककर उसकी मानसिक वेदना को समझने का प्रयत्न करता रहा। फिर उसकी निगाह ऊपर उठी और वह दीवार पर लगी तस्वीरों को देखने लगा। बाईं ओर जो चित्र लगा था, उसमें एक औरत को पत्थर कूटते दिखाया गया था और उसके आगे की तस्वीर में एक नौजवान रिक्शा खींच रहा था। विष्णु ने इन दोनों तस्वीरों को देखा, लेकिन उसकी दृष्टि सामने वाली तीसरी तस्वीर पर जमकर रह गई। तस्वीर को देखते ही उससे संबंधित कहानी स्मरण हो आई। एक बुड्ढा गर्मी की शिखर दुपहरी में जंगल से लकड़ियां काटकर लाया करता था। जब वह बहुत थक गया तो उसने गट्ठा फेंक दिया और ज़िन्दगी से तंग आकर कहा, 'ऐ मौत! तू ही आ जा।' और जब मौत सचमुच आ गई तो उसने मुस्कराकर कहा, 'यह गट्ठा मुझे उठवा दो। उठवाने वाला कोई दूसरा नहीं था।' इसी कहानी के नायक बुड्ढे को उसमें चित्रित किया गया था। वह मौत को धता बताकर लकड़ियों का गट्ठा सिर पर उठाए जीवन-पथ पर आगे बढ़ रहा था। उसके होंठों पर विद्रूपपूर्ण मुस्कराहट और आंखों में विजय-गर्व से प्रसूत चमक थी।

विष्णु ने जब कुछ देर इस तस्वीर को देखने के बाद श्याम की ओर देखा तो उससे वह दृष्टि सहन न हो सकी और वह व्यग्र और विक्षिप्त-सा बोला, "तुम यों क्या देख रहे हो?"

"मैं यह देख रहा हूं कि क्या तुम वही चित्रकार हो जिसने यह तस्वीर बनाई।" विष्णु ने उत्तर दिया, वह तनिक रुककर बोला, "सच कहता हूं, यह बुड्ढा मेरा देवता है। मुझे अपने जीवन में इस तस्वीर से सदा उत्साह, बल और आशा मिली है। आज तुम्हारे मुख पर निराशा की छाप देखकर आश्चर्य-सा हो रहा है।"

श्यामसुन्दर एक क्षण चुप रहा और फिर बोला, "यह ठीक है कि आशा बड़ी चीज़ है। हमारी साधारण जनता इसी आशा को लेकर जीवन के लिए सदियों से शहीद होती आई है और हो रही है। यह बूढ़ा हमारे जन-साधारण का—हमारी महान् जनता का प्रतीक है।" उसने चित्र की ओर संकेत किया और बात जारी रखी, "मैंने उसके लोकगीतों, लोककथाओं और उसके वास्तविक जीवन से बहुत कुछ सीखा है। उसीसे बल प्राप्त करके संघर्ष करता आया हूं। लेकिन अब ऐसा लगता है कि मैं जो पूंजी लेकर चला था, मेरे पास नहीं रही। जीवन के मार्ग में कहीं न कहीं ठगा गया हूं।"

बच्चे खेलते हुए भीतर आए और शोर मचाने लगे। विष्णु ने उन्हें पुचकारकर बाहर भेज दिया और फिर अपने मित्र को मुखातिब करते हुए कहा :

"कोई नया चित्र नहीं बना रहे?"

"नया चित्र बनाने के लिए फ़ुरसत कहां मिलती है?"

"मनुष्य अगर चाहे तो फ़ुरसत मिल ही जाती है।"

श्याम कुछ नहीं बोला, चुपचाप विष्णु के मुख की ओर देखता रहा।

"यह ठीक है कि आज रोज़ी कमाना बड़ा ही कठिन है।" विष्णु फिर बोला, "और जीवन के लिए रोज़ी कमाना ज़रूरी भी है। लेकिन जीवन सिर्फ रोज़ी कमाने के लिए नहीं है, कलाकार को जीकर कला का निर्माण भी करना होता है। कलाकृति से उसे पैसा भले ही न मिले, आत्म-संतोष प्राप्त होता है, जीवन में विश्वास बढ़ता है।"

शीला के बाद सिर्फ विष्णु ही ऐसा व्यक्ति था जो उसकी व्यथा को समझता था और उसके मन की बात करता था। उसकी बातें सुन-कर वह अपने-आपको स्वस्थ महसूस करता था। अब भी उसने एक निःश्वास छोड़ा और विष्णु का दायां हाथ अपने दोनों हाथों में थामकर मुस्कराते हुए कहा, "बात तो ठीक है। लेकिन मित्र, यह बताओ कि जब मेहनत करने पर भी मेहनत का पैसा न मिले तो आदमी क्या करे?"

"दीवार से सिर पटक ले। आत्महत्या कर ले, या फिर किसीकी हत्या कर डाले।"

"नहीं, नहीं, मैं तो ऐसी बात सोच भी नहीं सकता।"

"तो फिर?"

इसी समय विष्णु की पत्नी ने कमरे में प्रवेश किया और पति को सम्बोधित करके बोली :

"क्या आज खाने-पीने की छुट्टी कर दी?"

"यह तुम्हें किसने कहा? हमारा तो ऐसा कोई इरादा नहीं।"

"इरादा नहीं तो जाकर सब्ज़ी ला दो।"

"पांच मिनट ठहरो, अभी जाता हूं।"

"तुम्हें फुरसत न हो तो मैं खुद ले आती हूं।"

"नहीं, नहीं। यह कैसे हो सकता है! तुम बैठो, मैं अभी जाता हूं।" विष्णु तुरन्त जाने को तैयार हो गया।

पति-पत्नी में बड़ा प्रेम था। विवाह हुए पांच-छह साल बीत गए थे, लेकिन उनका घर अभी तक शिशु की मुस्कान से सुना था। इन्दिरा अब पहली बार मां बनने वाली थी। इसलिए इधर-उधर आने-जाने और दौड़-धूप का सारा काम विष्णु खुद करता था और पत्नी को किसी प्रकार का कष्ट नहीं होने देता था।

सविता स्कूल से लौटी थी और अपने कमरे में बैठी पुस्तक पढ़ने का प्रयत्न कर रही थी। पढ़ने में मन नहीं लगा तो पुस्तक बन्द कर दी। उसे जो घटना परेशान कर रही थी, वह मस्तिष्क में उभर आई।

आज जब वह स्कूल से लौट रही थी तो मार्ग में केदार मिल गया। उसने मूछों पर ताव देकर एक कुत्सित दृष्टि सविता पर डाली और अजीब ढंग से मुस्करा दिया। सविता को उसका यह व्यवहार बहुत बुरा लगा। वह जल्दी-जल्दी कदम उठाती हुई आगे बढ़ी और भीड़ में खो गई।

रास्ते भर वह इसी घटना पर विचार करती रही। केदार की वह दृष्टि और मुस्कान उसके शरीर में कांटों की तरह चुभती रही। वह पुस्तक में लीन होकर इस घटना को भुलाना चाहती थी, लेकिन भुला नहीं सकी, पुस्तक छोड़कर सोचने लगी—उसने ऐसा क्यों किया? वह चाहता क्या है? घर में पत्नी है, पांच-छह बच्चे हैं। उसकी बड़ी लड़की बसंती लगभग मेरी उम्र की है, विवाह के योग्य है। उसे ऐसी हरकतें करते शर्म नहीं आती?'

उसने अपने-आपको यह भी समझाने का प्रयास किया कि शायद यह अचानक हुआ हो, शायद उसका यह वृथा भ्रम हो और केदार के मन में कोई दुराग्रह, अथवा कुविचार न हो। लेकिन यह सब अचानक हुआ, ऐसा विश्वास भी वह नहीं कर पाती थी। उसे जान पड़ता था कि केदार ने पहली बार ही ऐसा नहीं किया। केदार जब भी उसे देखता था, कौतुकपूर्ण कटाक्ष करता था। उसकी दृष्टि भले और शरीफ आदमी की दृष्टि नहीं होती थी।

परसों जब वह सैर से लौट रही थी तो केदार सहसा उसके सामने आ पड़ा और 'नमस्ते' कहकर साथ-साथ चलने लगा। सविता ने भी शिष्टतापूर्वक नमस्ते का उत्तर दिया और सहज भाव से बातें करने लगी। जैसे ही वह सड़क पार करने लगी, केदार ने उसकी बांह पकड़कर कहा :

"ज़रा रुकिए, मोटर-रिक्शा आ रहा है।"

मोटर-रिक्शा वाकई बहुत निकट आ गया था और सविता ने बिलकुल ध्यान नहीं दिया था।

रिक्शा फट-फट करता हुआ करीब से गुज़र गया। सविता ने मुस्कराते हुए केदार की ओर देखा और कृतज्ञता में भरकर बोली, "आप न रोक लेते तो मैं तो शायद कुचल ही दी जाती।"

केदार भी मुस्कराया और उसने स्निग्ध नेत्रों से सविता की ओर देखा। सड़क पार करके उन्हें दीवार के पास फुटपाथ पर चलना था। रास्ता सूना था और बिजली आसपास न होने के कारण कुछ अंधेरा

था। केदार फुटपाथ से ठोकर खाकर लड़खड़ाया। वह गिरा नहीं, संभल गया, लेकिन चाहता था कि इस बहाने सविता के कंधे पर हाथ रख दे पर सविता ने इस बात का अवसर नहीं दिया। वह आगे निकल गई थी और यों चल रही थी जैसे उसे ठोकर लगने का पता ही न हो।

इस घटना से केदार का दुःसाहस निश्चय ही बढ़ गया था और उसकी दृष्टि पहले से कहीं अधिक टेढ़ी और कुत्सित हो गई थी।

इसलिए आज की घटना अचानक घटित नहीं हुई थी। स्पष्ट जान पड़ता था कि वह जान-बूझकर मार्ग में आ खड़ा हुआ था। और जान-बूझकर उसने यह दृष्टि उसपर डाली थी।

सविता जब से जवान हुई थी, तभी से मर्दों से, मर्दों की इस दृष्टि से परिचित थी। राह चलते-चलते कितने लोग—न सिर्फ नौजवान बल्कि अधेड़ उम्र वाले व्यक्ति भी कौतुकपूर्ण कटाक्ष करते और कुदृष्टि से देखते थे। वह इस दृष्टि से तनिक भी विचलित न होती, ठोस और दृढ़ चट्टान के सदृश अभेद विद्रूप-परिहास होंठों पर लिए चुपचाप चलती रहती। नौजवानों का तो यह स्वभाव ही है, सुसंस्कार ही उन्हें शिष्ट और सभ्य बनाएंगे, लेकिन प्रौढ़ और अधेड़ व्यक्ति तो एकदम हीन-क्षीण याचक-से जान पड़ते जैसे उच्छृंखल विकास की दरिद्रता ही उनकी सर्वस्व हो।

केदार कोई राह-चलता व्यक्ति नहीं था। वह सविता का पड़ोसी था। उसके इस आचरण को वह नज़र-अन्दाज़ करना भी चाहे तो नहीं कर सकती। जितना ही वह अपने क्रोध और क्षोभ को दबाने का प्रयत्न करती है उतना ही केदार की वह दृष्टि और मुस्कान चुभने लगती है और उसके रक्त में तेज़ाब-सा मिला देती है। फिर इस घटना से संबंधित दूसरी घटनाएं स्मरण हो आती हैं।

'मैं उसकी पत्नी से कहती हूं।' सविता ने सोचा और किताब पटक-कर उठ खड़ी हुई।

उसने कमरे से बाहर निकलकर धीरे-धीरे दरवाजा बन्द किया। वह एक मिनट रुकी और सोचने लगी कि बिना सबूत और गवाह के यह

अभियोग तो अत्यन्त हास्यजनक होगा। सिर्फ उसके कहने भर से दुर्गा पति को दोषी और अपराधी कैसे समझेगी! शायद मुंह से कुछ न कहे पर अपने मन में तो सविता को ओछी और तुच्छ समझेगी।

उसने फिर दरवाज़ा खोला और धम से चारपाई पर लेट गई। उसका मन ग्लानि से भरा हुआ था। छिः! छिः! एकदम उत्तेजित होकर उसने इतनी छोटी बात क्यों सोची?

वह कुछ देर निश्चल लेटी रही और ऊपर छत की कड़ियों की ओर देखती रही। वह अपने मन से क्षुद्र विचारों को दूर रखना चाहती थी लेकिन जैसे रिक्त स्थान को वायु अवश्य भर देती है, वैसे ही मस्तिष्क में विचार अवश्य आते हैं। वह क्षुद्र विचारों को भगाने के लिए अच्छे विचारों की खोज करने लगी। उसे अपनी सखी कमलेश का ध्यान आया। वह कुछ दिन हुए ससुराल चली गई थी। वह जब यहां थी तो अक्सर आ जाती थी। उसके साथ समय अच्छी तरह कट जाता था। वह अन्तरंग सखी से बचपन की बातें करके मन को बहलाया करती थी। अब भी वह बचपन और स्कूल की बातें सोचने लगी।

'बहन, तुम्हारा स्वभाव तो शुरू से ही बड़ा विचित्र है।' एक दिन बातों ही बातों में कमलेश ने कहा था—'स्कूल से लौटते हुए तुम राह-चलते लड़कों को डांट देती थीं : यह घूर-घूरकर क्या देख रहे हो?'

सखी का यह वाक्य याद करके सविता मुस्कराई और स्वस्थ मन से आज की घटना पर फिर से विचार करने लगी। केदार का यह कृत्य उसे स्कूल और कालेज़ के आवारा लौंडों का सा घृणित कृत्य जान पड़ा। बेहतर यही था कि जिस प्रकार वह उन लौंडों को डपट देती थी, उसे भी डपट देती और भरे बाज़ार में पूछती—'तू मेरी तरफ यों घूर-घूरकर क्या देख रहा है?' लाला की सारी शेखी किरकिरी हो जाती।

इस अंतिम वाक्य पर वह एक बार फिर हंसी। अब उसका असली रूप निखर आया था और वह तुच्छ विचारों से ऊपर उठ गई थी। तनिक ध्यान देने पर केदार को बाज़ार में डांटने की बात भी तुच्छ जान पड़ी क्योंकि वह अब स्कूल की चंचल लड़की नहीं, गंभीर-धीर नारी है।

दूसरे का आचरण चाहे कुछ भी हो, लेकिन उसका अपना आचरण इस धीर-गम्भीर व्यक्तित्व के अनुरूप ही होना चाहिए।

यह सोचकर वह स्थिर हुई और एक घड़ी शांत और निश्चल बैठी रही।

'ऐसी बेकार बातों का क्या सोचना! वह आगे कोई हरकत करेगा तो देख लूंगी।'

अपने ही दृढ़ स्वर में मुग्ध होकर वह उठी और दरवाज़ा बन्द करके फिर बाहर निकली।

उसका मन किसीसे बातें करने को चाहता था। दूसरी औरतें अपने बच्चों में और कामकाज में व्यस्त रहती थीं, इसलिए वह प्रायः इंदिरा के पास जा बैठती थी। वह अकेली थी। विष्णु एक प्रेस में प्रूफरीडर था, ज़रा देर से घर लौटता था। इसलिए सविता से बातें करके इंदिरा का मन भी बहल जाता था। वह पहले से ही उसके आने की प्रतीक्षा कर रही थी और देखते ही बोली :

"बहन, आज कुछ उदास और व्यस्त-सी जान पड़ती हो?"

"नहीं, ऐसी तो कोई बात नहीं।"

"बात तो अवश्य है। तुम बताना न चाहो तो न सही, जाने दो।"

"बात अवश्य है, यह तुमने कैसे जाना?"

इन्दिरा सविता की ओर देखकर हंसी और फिर बोली, "हम तुम्हारी तरह किताबें न पढ़ सकें परन्तु चेहरे तो पढ़ लेती हैं।"

"क्या मेरे चेहरे पर कोई ऐसा भाव है?"

"अब न सही, थोड़ी देर पहले तो था।"

"तुमने देखा?"

"हां।" एक क्षण मौन रहा। इन्दिरा फिर बोली, 'थोड़ी देर पहले तुमने कमरे से निकलकर दरवाज़ा बन्द किया। मैं समझी कि तुम मेरे ही पास आ रही हो। लेकिन तनिक रुककर तुमने फिर दरवाज़ा खोला और चारपाई पर जा लेटीं। मैं तुम्हारी तरफ आई। मैं जानना चाहती थी कि कारण क्या है पर यह सोचकर कि शायद बोझिल

मन के लिए एकान्त दरकार हो, मैं उल्टे पांव लौट आई।"

"हां बहन, आज स्कूल से लौटी तो यों ही उनकी याद आ गई।"

—सविता ने अपने मन का असल भाव छिपाकर बात बदली और इन्दिरा के पास चारपाई पर बैठते हुए इधर-उधर निगाह डाली।

दाईं ओर की कार्निस पर कार्डबोर्ड का एक मुन्ना पड़ा था। उसका शरीर सुडौल और गुदगुदा था। सविता को वह बहुत ही सुन्दर लगा। उसने फौरन लपककर उठा लिया।

"बहन, यह कितने में आया?"

"यह तो पता नहीं। वे कल लाए थे और कहते थे····"

—इंदिरा कहते-कहते रुक गई और शर्मा गई।

"हां, बताओ न, क्या कहते थे?" सविता ने उसकी ठोड़ी पकड़-कर दुलार से कहा।

"कहते थे कि इस हालत में····।" इंदिरा ने अपने बढ़ते हुए पेट पर दृष्टि डाली और संकोच और लज्जा भरे स्वर में बात जारी रखी, "स्त्री जैसी चीज़ें देखती है और जैसे विचार मन में लाती है, बच्चे के अंग भी वैसे ही बनते हैं।"

"सुन्दर देखे तो सुन्दर और कुरूप देखे तो कुरूप?"

"हां, उनका ऐसा ही विचार है।"

सविता जानती थी कि विष्णु श्यामसुन्दर का अभिन्न मित्र है और भला व्यक्ति है। इसलिए इंदिरा की बात पर उसे सहज ही विश्वास हो गया। उसने पुलकित मन से कार्डबोर्ड के मुन्ने को छाती से लगाया और उसे पुचकारते-दुलारते हुए बोली :

"बहन, तुम्हारा यह मुन्ना तो बड़ा ही सुंदर और प्यारा है। एक मुझे भी मंगवा दो।"

—अब के वह खुद शर्मा गई।

"अच्छा, यह तो बड़ी खुशी की बात है।" इंदिरा ने हर्ष और विस्मय के स्वर में कहा और सविता के मुख की ओर ताकते हुए फिर बोली, "मुझे तो मालूम ही नहीं था! तुमने इतनी बड़ी बात भी छिपाए

रखी। अच्छा तो अब कल ही लो।"

इसी समय विष्णु ने कमरे में प्रवेश किया। सविता उसे देखकर घबराई और किंकर्तव्यविमूढ़-सी खड़ी रह गई। उसने कार्डबोर्ड के मुन्ने को अब भी छाती से लगा रखा था। देखकर जान पड़ता था जैसे मां-बच्चे की एक विशाल जड़ मूर्ति खड़ी है, जिसे किसी चतुर मूर्तिकार ने बड़ी कुशलता से बनाया है।

श्यामसुन्दर ने सविता को जयदेव का चित्र बनाकर दिया तो वह खिल उठी। चित्र अत्यंत सुन्दर बन पड़ा था। जयदेव के होंठों पर जो मुस्कराहट सदा रहती थी, उसे श्यामसुंदर ने कुछ इस ढंग से तनिक उभार दिया था कि उसकी मुखाकृति में पहले जो एक प्रकार के अभाव का आभास होता था, इस मुस्कराहट ने उसकी पूर्ति कर दी। श्यामसुन्दर जयदेव को बहुत दिनों से जानता था और उसके सरल स्वभाव से भली भांति परिचित था, इसी कारण वह इस मुस्कराहट को इतनी सफलता से उभार सका कि सब कुछ स्वाभाविक और मोहक जान पड़ता था। उसमें बनावट और कृत्रिमता का लेशमात्र भी नहीं था। चित्र की ओर देखते ही बनता था। उसमें श्यामसुन्दर की कला सजीव और स्फुटित हो उठी थी।

सविता चित्र को हाथ में लिए कितनी ही देर एकटक देखती रही। फिर एक दृष्टि श्यामसुन्दर पर डाली और कृतज्ञ भाव से बोली, "आपने तो चित्र बहुत ही सुन्दर बनाया है। मैं इसे सामने दीवार पर लगाऊंगी।" और तनिक रुककर फिर बोली, "मेरी कल्पना में वे जैसे थे, ठीक वैसे ही बन पड़े हैं!"

अपनी कला की दाद पाकर श्यामसुन्दर का मन आनन्द से झूम उठा। सविता उल्लास और कृतज्ञता में भरी सामने खड़ी थी। उसका भीतरी रूप उसके चेहरे पर झलक रहा था। यह वह नारी थी कि जिसने

समाज के एक उपेक्षित व्यक्ति से प्रेम किया था और उस प्रेम को निभाने के लिए अतुल साहस और त्याग का परिचय दिया था। साहस और त्याग ही मनुष्य को महान् बनाता है। श्यामसुन्दर ने सविता को श्रद्धा से देखा और तत्क्षण उसके मन में यह विचार उत्पन्न हुआ कि मैं स्वयं सविता का ही एक चित्र क्यों न बनाऊं। यह चित्र किसी व्यक्ति-विशेष का नहीं, उस भारतीय नारी का चित्र होगा जो शरीर और मन से स्वस्थ है, जो अपने अधिकारों के प्रति जागरूक और संघर्षशील है।

इस नवीन विचार ने उसके भीतर किसी शून्य स्थान को भर दिया। उसके मन में आत्मविश्वास उत्पन्न हुआ और उसने सानन्द मुस्कराते हुए सविता की ओर यों देखा जैसे उससे कला की अमर कीर्ति का वर-दान पाया हो।

चित्र उसी दिन दीवार पर लगा दिया गया। स्त्रियां थट के थट उसे देखने आईं। सविता के कमरे में मेला-सा भर गया। इस बिल्डिग की यह प्रथा है कि छोटी-बड़ी कोई भी घटना हो, उसके प्रति बड़ा उत्साह प्रकट किया जाता है, खूब चर्चा होती है, भूखी और कुंठित उत्सुकता कुछ न कुछ आनन्द-आहार पा जाने के लिए सक्रिय हो जाती है। कोई स्त्री जम्पर का टुकड़ा या नया चप्पल खरीदकर लाती है तो सबको दिखाई जाती है। कब आई? कितने को आई? महंगी-सस्ती तथा फैशन के भीतर और बाहर होने के बारे में जो बात चलती है तो चलती ही रहती है। तस्वीर लग जाना तो बड़ी बात थी। फिर यह तस्वीर साधारण तस्वीर नहीं थी। उसके पीछे एक प्रेम-कहानी थी। उस कहानी को याद करके रोमांच हो आता था, शिथिलता और जड़ता टूट जाती थी। फिर मेला क्यों न भरता? क्यों घंटों बातें न होतीं? स्त्रियां कभी चित्र को और कभी सविता को देखती थीं। उसके मुख पर कुछ ऐसा तेज और आत्मसंतोष था कि वह उन्हें विधवा होते हुए भी सुहागन जान पड़ती थी।

जब औरतें चली गई और अपने-अपने काम में व्यस्त हो गईं, तब सविता खुद चित्र को ध्यान से देखने लगी। वह अत्यन्त प्रसन्न थी। उसके भीतर और बाहर का सूनापन दूर हो गया था। अदृश्य जयदेव के

व्यक्तित्व से कमरा भर गया था। चित्र वाकई सुन्दर था। सविता का जी चाहता था कि उसे देखती ही रहे। जिस अपूर्णता को अपने प्रेम से पूर्ण बनाने की साध उसके मन में रह गई थी, उसे आज चित्रकार की तूलिका ने पूर्ण बना दिया था। देखते-देखते उसे ऐसा लगा जैसे चित्र सजीव हो उठा है, उसके होंठ हिल रहे हैं और अपनी मूक भाषा में जो कुछ कह रहा है वह ध्यान से सुनने लगी : 'इस अवस्था में स्त्री जैसा देखती है और जैसा सोचती है, वैसे ही बच्चे के अंग बनते हैं।'

वह भूल गई कि ये विष्णु के शब्द हैं और उसने इंदिरा के मुख से सुने हैं। उसे लगा कि ये शब्द जयदेव ने कहे हैं और कमरे में मुखरित हो उठे हैं। वह उन्हें निश्चल, स्थिर खड़ी सुनती रही और आत्मसात् करती रही। धीरे-धीरे जब इन शब्दों की प्रतिध्वनि सुनाई देना बन्द हुई तो उसने श्रद्धा और प्रेम से चित्र की ओर देखा। वह मधुर स्वर में बोली :

"प्रीतम ! मैं दिन-रात तुम्हारी इस सुन्दर पूर्ण छवि को निहारूंगी, इसे अपने हृदय में उतारूंगी और इसीके अनुरूप बच्चे के अंगों का निर्माण होगा। तुम्हारा बेटा तुमपर जाएगा।"

"तुम्हारा बेटा तुमपर जाएगा।' वह अपने ही शब्दों से चौंक उठी। मन में देर से जो एक उलझन-सी चली आती थी वह एकदम मिट गई। उसे ध्यान आया कि चित्रकार ने अपनी तूलिका से जिस अपूर्णता को पूर्ण बनाया है, वह उसे अपने गर्भ में पूर्ण बनाएगी। चित्रकार ने जिस कल्पना को जन्म दिया है, मां उसे सदेह बनाएगी और जीवन प्रदान करेगी।

"मैं अपने भीतर अपूर्णता को पूर्ण बना रही हूं।"

—उसने सगर्व कहा और कमरा संगीत से भर गया। उसने चित्र की ओर देखा तो उसे लगा जैसे जयदेव मुस्करा-मुस्कराकर इन शब्दों का समर्थन कर रहा है।

वह उन्मत्त हो उठी और अपने भावों के उच्छ्‌वास को रोके रखना कठिन हो गया। कागज़-कलम लेकर मेज़ पर जा बैठी जैसे हृदयगत

भावनाओं को व्यक्त करके महान् और अमर काव्य का निर्माण करेगी। उसने लिखना शुरू किया :

"प्रिय सखी,

इस समय रात के ग्यारह बजे हैं, मैं जाग रही हूं। मेरा हृदय आनन्द और उल्लास से भरा है। मैं यह पत्र इसलिए लिखने बैठी हूं कि यह आनन्द और उल्लास शब्दों में भरकर तुम तक भी पहुंचा दूं।

आज श्यामसुन्दर ने उनका एक चित्र बनाकर दिया है। वह मैंने अपनी चारपाई के सामने दीवार पर लगाया है। चित्र इतना अच्छा बना है कि देखते ही बनता है।

तुम्हें याद होगा कि एक दिन जब हम दोनों 'बैजू बावरा' फिल्म देखकर बाहर निकले थे और वे 'नमस्ते' करके चले गए थे तो तुमने परिहास और कौतूहल में कहा था—'यह भी बैजू बावरा है—इसके हृदय में संगीत है' अगर तुम इस चित्र को देखो तो सचमुच ऐसा लगेगा जैसे उनके हृदय का संगीत होंठों से फूट निकला है। यह मधुर संगीत रात के इस निस्तब्ध वातावरण में मुखरित हो उठा है। मैं यह संगीत सुन रही हूं और तुम्हें यह पत्र लिख रही हूं।

यह चित्र उनका है, लेकिन इसमें चित्रकार की कल्पना का समावेश हुआ है। यह कल्पना स्वाभाविक है। ब्याह से पहले मैंने एक स्वप्न देखा था और मन में सोचा था कि मैं इस स्वप्न को साकार बनाऊंगी अर्थात् अपने विशुद्ध और पवित्र नारी-प्रेम से उसकी अपूर्णता को पूर्णता प्रदान करूंगी। उनकी मृत्यु से मैंने समझा था कि मेरा यह स्वप्न भंग हो गया है। लेकिन आज जब यह चित्र बनकर आया तो मैंने देखा कि मेरी बजाय चित्रकार ने अपनी कल्पना से उस अपूर्णता को पूर्ण बना दिया है। इस चित्र को देखकर मेरा वह स्वप्न भी जीवित हो उठा। अब मुझे विश्वास है कि मैं उसे अपने रक्त से सदेह और सप्राण बना रही हूं।

तुम शायद मन ही मन हंसोगी कि ये कैसी पागलपन की बातें हैं। किसी भी विचार-प्रवाह में सीमा को लांघ जाना निस्संदेह पागलपन है। मैं भी अपने उल्लास में सीमा को लांघ गई हूं और इसीलिए पागलपन

में बहक गई हूं। लेकिन पागलपन का यह गुण तो मानना ही होगा कि इस स्थिति में मनुष्य अपने मन की बात बिना लगावट-बनावट के निश्छल भाव से स्पष्ट करता है। सुनो, मैं तुम्हें बताती हूं कि मैं अपने इस स्वप्न को सदेह और सप्राण···"

वह लिखते-लिखते रुक गई। पत्र पर किसीकी परछाईं पड़ रही थी। कोई दबे पांव आकर पीछे खड़ा हो गया था। पलटकर देखा तो केदार था।

सविता घबराई नहीं। वह शांत और स्थिर रही। वह अपने प्रेमोन्माद में भय, घृणा और हीनता से ऊपर उठ गई थी। चुपचाप उसकी ओर देखती रही।

"सुनाओ बादशाहो, यह क्या बन रहा है? यह किसे प्रेम-पत्र लिखा जा रहा है?" केदार बोला।

वह दिन भर घर से गायब रहा था और अब रात गए लौटा था। वह यों अक्सर बाहर रहता था। उसका ढंग दूसरों से निराला था। सविता ने सुन रखा था कि वह फ्लाश खेलता है और जो मन में आए करता है। वह धर्म-अधर्म, पाप-पुण्य और नीति-अनीति को नहीं मानता। खाओ-पियो, ऐश करो—उसके जीवन का उद्देश्य है। कई बार घर-गृहस्थी की व्यवस्था बिगड़ जाती है, पति-पत्नी में खूब झगड़ा होता है तो सब सुनते हैं।

इस समय उसका स्वर कांप रहा था। शायद पिए हुए था अथवा पिए होने का स्वांग भर रहा था।

"तुम्हें बोलने की भी तमीज़ नहीं है!" सविता ने तीव्र और कठोर स्वर में कहा।

"क्या मेरे बादशाहो, कहने से बुरा मान गई?" केदार ने झूमते हुए और तनिक आगे को झुककर कहा।

"जब बुरा मानने की बात है तो मैं बुरा क्यों न मानूं! तुम जो भाषा इस्तेमाल कर रहे हो, वह भलेमानसों की नहीं, शोहदों, लफंगों और गुंडों की भाषा है।"

सविता जिस रोब से बात कर रही थी, उसने केदार को चौंका दिया। स्थिति आशा के विपरीत थी, वह तनिक संभलकर बोला, "तो आप ही बताइए, मैं आपको क्या कहकर बुलाऊं?"

"बहनजी कहो।"

एक क्षण मौन रहा। सविता फिर बोली, "अगर इस पवित्र शब्द का उच्चारण करते तुम्हारी ज़बान जलती हो तो मुझे भाभी कहो।"

केदार फिर चुप रहा। इसलिए सविता फिर बोली, "अगर यह भी नहीं कह सकते तो सिर्फ सविता कहो।"

"हां, हां सविता! प्यारी सविता!" उसने झूमकर कहा।

"सोच लो। मैं तुम्हारी प्यारी हूं?"

"हां, प्यारी, बिलकुल प्यारी।"

"अच्छा तो बिराजिए। मैं अभी आई।" और वह तेज़ी से उठकर बाहर को चली।

"हैं, हैं, सुनिए तो, आप कहां जा रही हैं?"

"मैं दुर्गा बहन और दो भले आदमियों को बुलाने जा रही हूं ताकि उनके सामने लिखा-पढ़ी हो जाए कि आज से मैं तुम्हारी प्यारी हूं और दुर्गा बहन कुछ नहीं। अब तुम मेरे ही साथ रहा करोगे।"

"नहीं, नहीं। लिखा-पढ़ी की कोई ज़रूरत नहीं।"

"इसका मतलब है कि तुम मेरे साथ लुक-छिपकर दिल बहलाना चाहते हो।"

"इसमें क्या हर्ज है! दुनिया में लुक-छिपकर भी तो प्रेम होता है।" केदार ने साहस बटोरकर कहा।

"तुम व्यभिचार और दुराचार को प्रेम की पवित्र संज्ञा देते हो! खैर, मान लिया कि यह प्रेम ही है। लेकिन यह तो सोचो कि कोई नारी तुम जैसे लफंगे और कायर-कमीने से प्रेम क्यों करेगी?"

"मैं कायर-कमीना हूं?"

"बिलकुल। अगर तु कायर-कमीना न होता तो क्या एक परस्त्री के कमरे में आधी रात को यों दबे पांव घुस आता?"

सविता का स्वर दृढ़ था, आंखों में तेज था, और एक वीरांगना की तरह उसकी छाती तन गई थी। केदार के मुख पर कालिख पुत गई थी। उसे कुछ सूझ नहीं रहा था।

"मैं अभी चोर-चोर कहकर सबको जगाती हूं। फिर तुम्हें प्रेम का भाव मालूम होगा। मोहल्ले भर में महाभारत मचेगा।"

केदार सूखे पत्ते की तरह कांपने लगा और गिड़गिड़ाया, "परमात्मा के लिए शोर मत मचाओ। मैं धूल में मिल जाऊंगा। मुझे क्षमा कर दो।"

"क्षमा किसलिए?"

"इसलिए कि मैंने तुम्हारे कमरे में आने का बुरा काम किया है।"

"यह तूने इसलिए किया है कि तू कायर और कमीना है।"

"हां, मैं कायर और कमीना हूं। मुझे क्षमा कर दो।"

पिटा हुआ कुत्ता जब चां-चां करता है तो उसके स्वर में एक विचित्र वेदना और पीड़ा होती है। वही वेदना और पीड़ा केदार के स्वर में भी थी। वाकई उसकी बड़ी दीन अवस्था थी। लेकिन, इस दीन अवस्था में भी उसे 'तू' कहना सविता को खुद भद्दा और अशिष्ट लगा। इसलिए उसमें सुधार करके वह तनिक धीमे स्वर में बोली :

"क्या तुम सचमुच क्षमा चाहते हो?"

"हां, मैं सचमुच क्षमा चाहता हूं।"

"तो दोनों कान पकड़कर सात मरतबा उट्ठक-बैठक करो।"

केदार असमंजस में पड़ गया। उसके शरीर का रक्त सूख गया था और चेहरा पीला पड़ गया था। अपने ही पड़ोस की एक स्त्री के सामने इतना ज़लील होना अत्यन्त असह्य था। वह आगे के लिए उसके सामने आंखें कैसे उठाएगा?

"करो, वरना मैं अभी चोर-चोर चिल्लाती हूं।"

जैसे सरकस-मास्टर के कोड़े के आगे हिंसक पशु भी नाच उठता है, धूर्त केदार ने ये शब्द सुनते ही कान पकड़े और उट्ठक-बैठक शुरू कर दी।

वह उट्ठक-बैठक कर रहा था। सविता एक, दो, तीन गिन रही थी। उसके शब्द रात की नीरवता में गोली की आवाज़ की तरह गूंज रहे थे। बिल्डिंग के लोगों को इस नाटक के बारे में कुछ मालूम नहीं था। वे छत पर पड़े सो रहे थे।

सात बार गिनने के बाद सविता बोली, "जाओ।"

केदार से अब जाते भी नहीं बनता था। वह कुछ देर सविता के मुंह की ओर देखता रहा और फिर धीरे-धीरे चल पड़ा।

"मैं तुम्हारी पड़ोसिन हूं। इस नाते बहन या भावज हूं। समझे?"

"हां, समझा।" उसने कमरे से निकलते हुए मरे हुए स्वर में कहा।

जुलाई का महीना था। बरसात का मौसम शुरू हो चुका था। सुबह सात-आठ बजे अकस्मात् बादल घिर आए थे और ठंडी-ठंडी हवा चल रही थी। वातावरण विचित्र और रहस्यमय बना हुआ था। उसमें प्रतिक्षण एक हलचल और भारी कदमों की चाप सुनाई देती थी। सविता दाईं करवट चारपाई पर लेटी हुई थी। उसे अपने भीतर भी एक रहस्यमय हलचल का आभास हो रहा था, जैसे पेट में 'नया जीवन' इधर से उधर चल-फिर रहा हो, घुटनों के बल दौड़ रहा हो। यह हलचल उसके अंग-अंग में एक अद्भुत आह्लाद और उन्माद का संचार कर रही थी। वह निश्चल पड़ी इस हलचल को महसूस कर रही थी और सानंद मुस्करा रही थी। सहसा पड़े-पड़े उसने कार्निस की ओर हाथ बढ़ाया उसपर से गुलाब का सुर्ख फूल और सफेद कलियां उठाईं। उन्हें ध्यान से देखा और फिर सूंघने लगी। सूंघने की इस क्रिया से आह्लाद में सुगंध का सम्मिश्रण हुआ अतः सविता की मुखमुद्रा और भी खिल उठी। उसके होंठों की मधुर मुस्कान कानों तक फैल गई।

वह थोड़ी देर पहले पार्क में घूमने गई थी। वहां से वह गुलाब का

सुन्दर फूल और चमेली की नव-विकसित कलियां तोड़ लाई थी, जिन्हें उसने कार्डबोर्ड के मुन्ने के सामने ढेर कर दिया था। वह यों ही हर रोज़ पार्क से फूल और कलियां तोड़कर लाती और यों ही लाकर ढेर कर देती थी, जैसे यही उसका मन्दिर और यही देवता हो।

वह इस स्वस्थ मुन्ने, फूल और कलियों को एकसाथ देखकर मन ही मन झूम उठती थी।

वह अपने भीतर एक महान् परिवर्तन का अनुभव कर रही थी। यह परिवर्तन महज़ विचारों का ही नहीं था। उसके भीतर जो रिक्त स्थान थे, वे भर रहे थे और जीवन में एक पूर्णता—सर्वांगीण पूर्णता का अनुभव हो रहा था। उसकी देह में स्फूर्ति और नवजीवन का संचार हो रहा था और अंग-अंग खिल रहा था। उसे अब नहाने में बड़ा आनंद आता। ठंडा पानी शरीर में जज़्ब हो रहा-सा जान पड़ता था। धुले और भरे हुए अंग स्फटिक की भांति सुंदर और ठोस जान पड़ते थे। वह शरीर को तौलिये से पोंछती हुई बांहों, कंधों और छातियों को सगर्व देखती और फिर जब आईना सामने रखकर बाल बनाने लगती तो उसमें फूले हुए कपोलों की सुर्ख़ी देखकर उसकी आंखें चमक उठतीं। जननी'' 'जननी। उसके अंग-अंग से एक राग-सा फूट पड़ता।

पिछले सप्ताह विष्णु की पत्नी इंदिरा के बच्चा हुआ था। जब वह अस्पताल से घर आई तो सविता ने उसे बधाई देते हुए कहा, "बहन, अब तो तुम्हारी कमीज़ बहुत खुली हो गई है।"

"हां। और तुम्हारी भर रही है।" इंदिरा ने मुस्कराते हुए उत्तर दिया।

सविता की आत्मा का कण-कण खिल उठा। शायद उसने यह उत्तर सुनने के लिए ही कमीज़ के खाली होने की बात कही थी। वह अपने भीतर जिस सुख और आह्लाद का अनुभव कर रही थी, उसे वह दुनिया भर में घोषित कर देना चाहती थी।

"ये अस्पताल की नर्सें तो बड़ी कर्कशा होती हैं। तुम्हारे साथ कैसा सलूक किया बहन?" केदार की पत्नी दुर्गा ने घर से निकलकर पूछा।

"बड़ी बुरी हैं। उनके मारे नाक में दम आ गया। जी चाहता था कि चारपाई से उठकर भाग जाऊं।"

"मैं तो जब मनोहर हुआ तब अस्पताल गई थी। उसके बाद कान पकड़ लिए कि मरते मर जाऊंगी, पर इन कुलटाओं का मुंह न देखूंगी।"

"क्या इतनी बुरी हैं कि ज़च्चा से ज़रा भी हमदर्दी नहीं करतीं?" सविता ने विस्मय में भरकर पूछा।

"तुम हमदर्दी की बात कहती हो, वे तो उल्टा काट खाने को आती हैं। औरत बेचारी प्रसव-पीड़ा से तड़प रही होती है और वे ऊपर से डांट रही होती हैं कि आराम से क्यों नहीं लेटती।"

"मैं बताऊं। मेरे करीब की चारपाई पर एक बेचारी अधेड़-सी उम्र की औरत थी। उसका यह पांचवां-छठा बच्चा था। वह दर्द से कराह रही थी। नर्स ने उसे डांटकर कहा, 'चुप क्यों नहीं होती? कुतिया की तरह सूए जाती है। इसे शर्म भी तो नहीं आती।' "

"उफ! यह तो पशुता है, क्रूरता है और निर्दयता है!" सविता ने दु:खद स्वर में कहा और एक लम्बी सांस छोडकर फिर बोली, "अगर ऐसी बात है बहन, तो मैं तो अस्पताल नहीं जाऊंगी।"

"क्यों नहीं जाओगी? तुम्हें तो वहां जाकर माताओं के अधिकार के लिए लड़ना चाहिए।"

—इसी बीच शीला भी अपने छोटे बच्चे को गोद में उठाए वहां आ गई थी। उसने सविता की ओर देखकर मुस्कराते हुए मीठा व्यंग्य किया।

सविता ने प्रशंसा की दृष्टि से उसकी ओर देखा। फिर शांत स्वर में बोली, "माताओं के अधिकार के लिए लड़ने की बात तो ठीक है, बहन! पर अकेला चना भाड़ नहीं फोड सकता। जब तुम सब अपने अधिकारों के लिए सजग और संगठित हो जाओगी, तभी सुनवाई होगी; तभी कुछ बात बनेगी।"

फिर सब इंदिरा के बच्चे को देखने लगीं। बच्चा स्वस्थ और गोल-मटोल था। कपड़े में लिपटा हुआ चित लेटा था। उसका माथा चौड़ा था और सिर कुछ बड़ा था।

"तुम्हें जनने में काफी कष्ट हुआ होगा?"

"हां, बहन। कुछ न पूछो। सुबह नौ-दस बजे दर्द शुरू हुए थे, कहीं शाम को छह-सात बजे जाकर यह पैदा हुआ। मुझे तो सुधबुध ही भूल गई। सारी रात बेहोश पड़ी रही।"

"एक बात है कि इन नर्सों के लिए ज़च्चा चाहे भाड़ में जाए, पर बच्चों की देखभाल खूब करती हैं।"

"और यह भी सुना है कि किसीको लड़की के बजाय लड़का चाहिए तो बदल भी देती हैं।"

"हो सकता है। ज़च्चा बेचारी को तो अपनी ही सुध नहीं रहती और दूसरा कोई पास नहीं होता।"

वे ये बातें कर रही थीं कि शीला की गोद के बच्चे ने हुमककर हाथ फैलाए और चिल्लाया, "बेबी, बेबी!"

"देखो बहन, हान को हान कैसा प्यारा होता है!" इंदिरा ने कहा।

"तुमने शायद देखा नहीं। वह उसके पास जाने के लिए बड़ी देर से हाथ फैला रहा था।" सविता बोली और फिर बच्चे के गाल पर चुटकी काटकर कहा, "खेलाया करोगे बेबी को, ले दें तुम्हें।"

जाने क्यों सविता को अब पड़े-पड़े यह घटना और सारी बातें याद आ रही थीं। शीला, दुर्गा और सावित्री अपने बच्चों सहित उसके मस्तिष्क में बार-बार उभर रही थीं और वे उसे अत्यन्त ममतामयी जान पड़ती थीं। उन्होंने बच्चों और घर-गृहस्थी के लिए अस्तित्व तक को मिटा डाला था। वे नारी के और सब कर्तव्यों और अधिकारों को भूलकर केवल ममता का प्रतीक बनकर रह गई थीं और वे सदियों से यह त्याग करती आ रही थीं और अपने-आपको मिटाती आई थीं। उनका यह त्याग कितना निःस्वार्थ और कितना महान् था। जब उन्हें उनके अधिकार मिलेंगे और वे सचमुच मानवता के पद पर आरूढ़ होंगी तो उनका यह महान् रूप और भी विकसित हो जाएगा। जननी, जननी!....

नारी के इस जननी-रूप का चिंतन कितना सुखप्रद था! उसकी

आत्मा के कण-कण से लोरियां फूट निकलीं। धरती और आकाश हर्ष और आह्लाद में भरकर नाच उठे और वे आप ही आप गुनगुनाने लगी :

लोरी लक्कड़े ऊं···ऊं
तेरी मां सदक्कड़े ऊं···ऊं

बाहर रिमझिम वर्षा होने लगी। वातावरण पहले से कहीं अधिक धुंधला और रहस्यमय हो गया। सविता आनन्द-तंद्रा में डूबी स्वप्न देखने लगी। नन्हा उसकी कल्पना में साकार हो गया। वह उसे गोद में भरकर पुचकारती, दुलारती हुई उठी और एक रंगीन पंगूरे में लिटाकर कनखियों से देखती हुई गाने लगी :

रोज़ कितों इक सूरज आवे
मेरे लाल नूं आन जगावे,
जागे पुत्तर जुग-जुग जीवे
भर के दुद्ध कटोरा पीवे।

वह सानन्द मुस्कराई और अपने शरीर की नई और अद्भुत आभा को देखकर मुग्ध हो उठी। उसे अपनी छातियां दूध के कटोरों के सदृश भर गई मालूम होने लगीं।

कुछ स्त्रियों का सिर्फ पेट बढ़ता है और असंतुलन के कारण शरीर बेडौल हो जाता है लेकिन उसके कूल्हे भरे थे। और प्रत्येक रिक्त स्थान की पूर्ति हुई थी, जिससे शरीर पहले से कहीं सुदृढ़ और सुडौल हो गया था। उसकी कोख में गृहस्थ का रूढ़िगत बोझ नहीं, प्रेम की पवित्र और सुखद थाती थी, जिसके निर्माण में उसका अंग-अंग योग दे रहा था। धीरे-धीरे बालक बढ़ रहा था। और सविता की आत्मा का विकास हो रहा था। उसे अपनी देह अमृत में नहाई हुई सी जान पड़ती थी। उसके भीतर का नारी-पुष्प कमल की भांति खिल उठा था।

बाहर वर्षा का ज़ोर बढ़ रहा था। खूब झड़ी लगी हुई थी। बादल उमड़-घुमड़कर आ रहे थे और वातावरण को अधिक से अधिक रहस्य-मय बना रहे थे। सविता हर्ष, आह्लाद और उन्माद में भरी हुई जयदेव

के चित्र के सामने आ खड़ी हुई और उसे निर्निमेष नेत्रों से देखने लगी। देखते ही देखते जयदेव के होंठों की मुस्कराहट कानों तक फैल गई और सजीव हो उठी। सविता जिस पूर्णता को अपने भीतर पोषित कर रही थी, उसीका प्रतिबिम्ब जयदेव के चेहरे पर अंकित था और बालक के सदृश सरल और निरीह जान पड़ता था।

धीरे-धीरे सविता की आंखें मूंद-सी गईं। वह अपने भीतर देखने लगी और देखती रही। उसे जयदेव का बालरूप अपने मन के आंगन में खेलता हुआ दिखाई दिया। उसने उसे लपककर गोद में उठा लिया और ममता और उमंग में भरकर गुनगुनाने लगी :

लोरी लक्कड़े ऊं.........ऊं
तेरी मां सदक्कड़े ऊं......ऊं

समस्त प्रकृति उसके स्वर में स्वर मिलाकर गा रही था। लगता था कि उसके इर्द-गिर्द कण-कण गा रहा है और नाच रहा है। वह मंत्र-मुग्ध-सी यह संगीत सुनती और यह दृश्य देखती रही। कुछ क्षण यों ही बीत गए। फिर उसने चित्र की ओर देखा और मधुर स्वर में बोली, 'नन्हे को देखते हो न? कभी तुम भी ऐसे ही नटखट थे।'

नटखट जयदेव मुस्कराया। बादल गरजा और प्रकृति ने एक मधुर कहकहा बुलन्द किया। वातावरण और भी गहरा और रहस्य-मय हो गया। सविता अत्यन्त प्रसन्न थी, चित्र की ओर देखकर मुस्करा रही थी। बीते हुए प्रेम के क्षण सजीव हो उठे थे।

पांच सितम्बर को सविता के बच्चे का जन्म हुआ। वह अस्पताल नहीं गई थी। उसे ज़्यादा डर इस बात का था कि कहीं नर्सें उसके बच्चे को बदल न दें। एक बूढ़ी दाई को बुलाया गया था। वह बहुत अनुभवी थी और निपुण भी। वह इस बिल्डिंग में आती रहती थी। औरतें हर तरह सहायता कर रही थीं। श्यामसुन्दर काम पर नहीं गया था। न

जाने कब किस चीज़ की ज़रूरत पड़ जाए। और ज़रूरत पड़ी। दर्द अकस्मात् बन्द हो गया। श्यामसुन्दर डाक्टर को बुलाकर लाया। उसने इंजेक्शन दिया तब कहीं दुबारा दर्द शुरू होने पर बच्चा उत्पन्न हुआ और सबकी जान में जान आई।

"क्यों अम्मा, लड़का है कि लड़की?" शीला ने दाई से पूछा।

"लड़का और बड़ा हृष्ट-पुष्ट और स्वस्थ।" दाई ने गर्व से उत्तर दिया जैसे बच्चा सविता ने नहीं उसने जना हो।

"तभी तो इतना कष्ट हुआ।" दुर्गा बोली।

"कष्ट कोई थोड़ा हुआ है!" इंदिरा ने समर्थन किया।

"कष्ट मुझे भी हुआ था और समय भी अधिक लगा था। पर इस बेचारी की तो जान पर आ बनी थी।"

"कोई डर नहीं। अन्त भला सो भला।" दाई ने व्यवसायात्मक ढंग से मुस्कराते हुए कहा, "मां को जितना कष्ट सहन करना पड़े, बच्चा उतना ही पराक्रमी और भाग्यशाली होता है।"

सविता दर्द और थकान से निढाल थी, लेकिन प्रसन्न थी और बड़े ध्यान से ये बातें सुन रही थी। पड़ोसिनों ने बधाई दी तो वह आंखों में उल्लास भरकर मुस्कराई। उसने एक नज़र जयदेव के चित्र की ओर देखा। वह भी मुस्करा रहा था।....

सारे काम सहर्ष सम्पन्न हो गए। दाई ने बच्चे को नहला-धुलाकर और कपड़े में लपेटकर मां के पहलू में लिटाते हुए कहा :

"लो बेटी, अपने भाग्य को सराहो। तुम्हारे मन की मुराद पूरी हुई।"

"ऊ आं, ऊ, आं।" उसी समय बच्चा चिल्लाया।

वातावरण आनन्द और उल्लास से भर गया। मां की आत्मा का कण-कण खिल उठा। वह यह संगीत सुनने के लिए ही तो यह तपस्या करती है, इतनी पीड़ा सहती है।

"बहन, इसका नाम क्या रखोगी?"

"जो तुम कहो, वही रख लूंगी।"

"मैं ठहरी अपढ़, मेरा बताया नाम भला तुम्हें कहां पसन्द आएगा! तुम तो कोई पढ़े-लिखे लोगों वाला अच्छा-सा नाम रखोगी।"

"मुझे विश्वास है कि जो नाम तुम बताओगी, वह बहुत ही अच्छा होगा। तुम बताओ, मैं वही रखूंगी।"

"बचन देती हो?" दुर्गा ने अपनी आंखों में उत्सुकता और आग्रह पाकर ऐसे कहा जैसे उसने पहले ही कोई नाम सोच रखा हो और अब वही रखाने के लिए अधीर हो।

"सच।"

"हां।"

"अच्छा मैं बताऊं, मैंने क्या नाम सोचा है।"

कमरे में नितांत मौन था और सभी दम साधे दुर्गा के मुंह की ओर देख रही थीं। वह एक क्षण रुकी और उसने फिर दृढ़ स्वर में घोषित किया :

"प्रेमप्रताप।"

शीला ने इंदिरा और इंदिरा ने माधुरी की ओर देखा और फिर सब बच्चे की ओर देखने लगीं।

"बहन, मुझे मंजूर है।" सविता बोली और बच्चे की ठुड्डी पकड़कर प्यार से कहा, "प्रेमप्रताप!"

"बड़ा सुन्दर नाम है।" सबने एकसाथ समर्थन किया।

न कोई पुस्तक बांची गई और न किसी रीति-रिवाज का आडम्बर रचा गया। बच्चे के दुनिया में आने की देर थी कि उसका नामकरण भी हो गया।

थोड़ी देर इधर-उधर की बातें हुईं। फिर सब चली गईं। जब कमरे में एकांत हुआ तो सविता ने कपड़ा उतारकर बच्चे को सिर से पांव तक सस्नेह देखा। उसके अंग-अंग में कलियों की कोमलता और कली की सुगंध बसी हुई थी।

"बेटा, क्या नाम है तुम्हारा?"

—मां ने पूछा और तनिक रुककर आप ही आप उत्तर दिया, "प्रेमप्रताप।"

"और पिता का नाम?"

"जयदेव!"

"वाह, प्रेमप्रताप सुपुत्र जयदेव।"

उसने उन्माद में भरकर बच्चे को छाती से लगाया और उसकी बलाएं लेने लगी।

इधर मां यों नवजात शिशु से क्रीड़ा कर रही थी और उधर शीला पति को बता रही थी :

"बच्चा बहुत ही सुन्दर है। आंखें मां की तरह बड़ी-बड़ी हैं। पर नाक बाप की तरह तीखी है और होंठ मोटे हैं।"

"तुम इतनी जल्दी उसके होंठ भी देख आईं?"

"और क्या बिना देखे कह रही हूं!"

श्यामसुन्दर चित्रकार था। अंग-निर्माण में उसकी विशेष रुचि थी, इसलिए उन्हें सूक्ष्म दृष्टि से देखता था। लेकिन शीला की बात सुनकर कई बार चौंक उठता था और आश्चर्य और विस्मय में भरकर सोचने लगता था कि स्नेह और वात्सल्य ने अंग-निरीक्षण के लिए मां को जो सूक्ष्म दृष्टि प्रदान की है वह किसी भी चित्रकार को नसीब नहीं हो सकती।

अब के लोहड़ी का उत्सव बड़ी धूमधाम से मनाया गया। इंदिरा और सविता के बच्चों की यह पहली लोहड़ी थी। उन्होंने खास व्यवस्था की थी। सुबह से जश्न मनाना शुरू हो गया। माधुरी ने खाकी वर्दी पहनकर, साफा बांधकर और ऐनक लगाकर डाकिये का स्वांग भरा। सुबह आठ बजे जब पहली डाक आती थी, वह लोगों की चिट्ठियां बांटने चली। एक रजिस्टर्ड चिट्ठी श्यामसुन्दर के नाम आई थी। उसमें लिखा था :

"मेरे प्यारे श्याम!

आप बहुत दिनों से इधर नहीं आए? क्यों नहीं आए? क्या मुझसे कुछ भूल हो गई है? अगर ऐसी बात हो तो उस भूल के लिए मैं क्षमा चाहती हूं। अगर मेरी कोई भूल नहीं हो तो आप यह बताइए कि आप

इधर क्यों नहीं आते? क्या मैं यह समझ लूं कि और मर्दों की तरह आप भी बेवफा निकले? नहीं, नहीं, मुझे आपसे कदापि ऐसी आशा नहीं। मैं प्रतिक्षण आपकी राह देखती रहती हूं और मुझे विश्वास है कि यह पत्र देखते ही आप तुरन्त चले आएंगे।

—दर्शन प्यासी, आपकी दासी स्नेहलता, नई दिल्ली।"

श्यामसुन्दर ने ज्यों ही खत समाप्त किया कि एक ज़ोर का कहकहा सुनाई दिया।

ढोलक जो एक बार शुरू हुई तो लगभग सारी रात बजती रही। नाच-गाने के अलावा एक प्रहसन खेला गया जो इस प्रकार था :

पहला दृश्य

[बाबू बूटपालिश कर रहा है। पत्नी अंगीठी सुलगा रही है। बीच-बीच में बच्चे तंग करते हैं। कोई कुछ मांगता है, कोई कुछ। बाबू कोट-पतलून पहनकर तैयार हो जाता है। उसे दफ्तर जाने की जल्दी है। वह भोजन में देर होते देखकर झुंझलाता है।]

बाबू—(चीखकर) रोटी क्यों तैयार नहीं करती?

पत्नी—देख नहीं रहे हो, मैं कोई बेकार बैठी हूं?

बाबू—जल्दी करो न!

पत्नी—जल्दी और क्या होगी? सब्ज़ी रख दी और वह बन जाए तो फुलका उतार दूं।

बाबू—और जो दफ्तर जाने में देर हो गई तो क्या तुम्हारा बाप ज़िम्मेदार होगा?

पत्नी—(हंसकर) मेरे बाप बेचारे की क्या औकात है, ज़िम्मेदार तो तुम्हारा बाप होगा!

बाबू—(चिढ़कर और पांव धरती पर पटककर) व्यर्थ में बकबक करती है या रोटी बनाती है। उल्लू की······

पत्नी—(बात काटकर) देखो, तुम फिर ज़बान चलाने लगे!

बाबू—अच्छा तो जल्दी करो। देखो, सब्ज़ी हो गई होगी।

[पत्नी जाकर देखती है कि आग बुझ गई है। वह अंगीठी में फूंकें मारते-मारते परेशान हो जाती है।]

पत्नी (रुआंसे स्वर में) मैं क्या करूं! कोयले गीले हैं, जलते ही नहीं!

बाबू—पहले ही क्यों सूखे देखकर नहीं लाती?

पत्नी—सूखे कहीं मिलें तभी न! तुम तो बैठे-बिठाए हुक्म चला देते हो, लाने पड़ें तब पता चले! (रोने लगती है।)

बाबू—बस, तुम औरतों को तो रोना और आंसू बहाना आता है। जल्दी रोटी बनाकर दो वरना···वरना मैं यों ही चला जाता हूं। (वह जाने लगता है, पत्नी रोकती है।)

दूसरा दृश्य

[रात का समय है। कमरे में चारपाइयां बिछी हैं। बाबू लिहाफ ओढ़े पड़ा है। सहसा गर्दन उठाकर देखता है।]

बाबू—(धीमे और मधुर स्वर में) क्या बच्चे सो गए?

पत्नी—हां, सो गए।

बाबू—अच्छा तो फिर मेरी जान, क्या हाल है?

पत्नी—यह तुम किसे बुला रहे हो?

बाबू—तुम्हें, अपनी प्रिया को, प्राणप्यारी को!

पत्नी—मैं तो तुम्हारी ज़रखरीद लौंडी हूं। तुम्हारा भोजन बनाती हूं और बच्चे पालती हूं।

बाबू—नहीं, तुम मेरी प्राणप्यारी हो, हृदय की रानी हो।

पत्नी—चलो, झूठे कहीं के!

बाबू—(कोमल स्वर में) मेरी रानी, तुम नहीं जानती कि मैं तुम्हें कितना प्यार करता हूं।

पत्नी—प्यार करने को दिल चाहिए। वह है तुम्हारे पास?

बाबू—हां है।

पत्नी—(कुछ पास आकर) लाओ ज़रा दिखाओ तो सही।

बाबू—इधर आओ मेरे पास और जी भरकर देखो।

पत्नी—(पति की छाती ठिकोरकर) कहां है तुम्हारे पास दिल? तुम तो निरे बाबू हो। दफ्तर में बड़े बाबू की डांट सहते हो और घर में मुझे डांटते हो।

बाबू का पार्ट सविता ने और पत्नी का शीला ने किया था। अंतिम शब्द सुनकर सब औरतें खिलखिलाकर हंस पड़ीं।

इस प्रहसन की अगले दिन भी खूब चर्चा रही। बिल्डिंग-वासियों के लिए यह बिलकुल नई और निराली चीज़ थी। स्त्रियां खुश थीं। उन्होंने खेल ही खेल में अपने कुंठित रोष और क्षोभ को प्रकट किया था। मर्द सोच रहे थे कि वास्तव में इस व्यंग्य का विषय कौन था। उस दिन इतवार था। इसलिए सबकी छुट्टी थी और इकट्ठे बैठे विचार कर रहे थे।

"क्यों भाई केदार, क्या तुम्हीं तो निशाना नहीं बने?"

—गोपाल ने मुस्कराते हुए कहा।

"मुझे तो दफ्तर जाने की कभी इतनी जल्दी नहीं हुई। जल्दी तो नरेश बाबू को जाना पड़ता है।"

"क्यों, क्या विष्णु जल्दी नहीं जाते!" नरेश बोला।

"मगर वे कभी जल्दी नहीं मचाते।"

"जल्दी तो मैं भी नहीं मचाता।"

"लेकिन तुम धौंस जमाते हो।"

"और क्या तुम नहीं जमाते! मुझे बताओ, कौन है जो पत्नी पर धौंस नहीं जमाता?"

"अपने मुंह मियां मिट्ठू बनें ऐसा हमारा स्वभाव नहीं है।" विष्णु बोला, "मान लो कि सब जमाते हैं और यह व्यंग्य किसी व्यक्ति-विशेष पर नहीं, सब पर किया गया है, लेकिन उस पत्र के बारे में क्या राय है?"

"कौन-सा पत्र?" नरेश और गोपाल ने विस्मय में भरकर एक-साथ कहा।

"वाह, तुम्हें नहीं पता! नई दिल्ली की एक रमणी ने श्यामसुन्दर भैया को लिखा है। क्या प्रेम जताया है! पढ़कर रूह फड़क उठती है!"

"लाओ भाई श्यामसुन्दर, कुछ हर्ज न हो तो हमें भी सुनाओ।"

पत्र आया और सबको पढ़कर सुनाया गया। अब सब श्यामसुन्दर पर पिल पड़े।

"वाह भई, तुम तो छिपे रुस्तम निकले, बताओ यह किस चिड़िया को पाल रखा है।"

"जब पाला है तो फिर जाते क्यों नहीं? किसीका दिल तोड़ना तो अच्छा नहीं!"

मज़ाक चल ही रहा था कि विष्णु लपककर घर से रेवड़ियां और मोंगफलियां ले आया। लाकर बीच में रख दीं और सब खने लगे।

नन्हा प्रताप जब चार साल का हुआ तो सविता ने उसके लिए तीन पहियों वाली साइकिल खरीद दी। बिल्डिंग में जब एक बच्चे के लिए एक चीज़ आती थी तो दूसरे बच्चे भी वैसी ही चीज़ लेने के लिए ज़िद करते थे। और सबकी साइकिलें आ गईं। सिर्फ गोपाल का बेटा रमेश रह गया। जब दूसरा बच्चा अपनी साइकिल नहीं देता था तो झगड़ा मचता था। एक दिन इसी बात को लेकर अच्छा-खासा हंगामा हो गया।

सविता अपने काम में व्यस्त थी कि सहसा मारपीट और बच्चों के रोने की आवाज़ उसके कान में पड़ी और वह लपककर बाहर आई।

बात यह थी कि इंदिरा का लड़का अजीत अपनी साइकिल छोड़-कर तनिक घर में गया था कि रमेश ने झट उसपर कब्ज़ा जमा लिया। अजीत ने लौटकर अपनी साइकिल मांगी तो वह देने में आना-कानी करने लगा। रमेश चाहता था कि पहले जी भरकर चला ले फिर छोड़े। अजीत से भला यह कब बर्दाश्त होता था! उसने धक्का दिया, रमेश ने थप्पड़ दे मारा। फिर वे एक-दूसरे से गुत्थम गुत्था हो गए। एक ने बाल खींचे, दूसरे ने दांतों से काट खाया।

इंदिरा ने दौड़कर दोनों को अलग-अलग कर दिया और अपने को पुचकारते हुए कहा, "सयाना बेटा, लड़ा नहीं करते। ज़रा उसे चला लेने दो। फिर ले लेना।"

"नहीं, मेरी साइकिल है। मैं अभी लूंगा।"

इतने में पुन्नी भी बाहर निकल आई। उसने रमेश को दो-तीन चपत जमाए और घसीटती हुई घर की ओर ले चली :

"मुआ, मर जाणा। सौ बार समझाया कि दूसरे की चीज़ न छेड़ा कर···छेड़ता है तभी तो मार खाता है।"

"बहन! मारा तो किसीने नहीं, बल्कि इसीने दांत काटे हैं। विश्वास न हो तो देख लो। दांतों के निशान साफ दिखाई देते हैं।" इंदिरा ने अपने बेटे की आस्तीन हटाकर बांह पर दांतों के निशान दिखाए।

"हां, बहन! यही खोटा है और तो सब भलेमानस हैं।"

गोपाल कमरे में बैठा भोजन कर रहा था। पुन्नी रमेश की बांह पकड़े बड़बड़ाती हुई भीतर आई तो उसने पूछा, "बात क्या थी?"

बात और क्या होगी। तुम्हारे बेटे की शिकायत हो रही है। जाकर तुम्हीं सुनो। रोज़-रोज़ शिकायतें और ताने सुनते-सुनते मेरा तो खून सूख गया है।"

सुबकियां लेते हुए बच्चे को गले से लगाकर वह भी रोने लगी।

"साइकिल पर झगड़ा हुआ है? अच्छा, साइकिल मैं इसे कल ला दूंगा।"

गोपाल बच्चे को गोद में लेना चाहता था कि पत्नी ने उसका हाथ झटक दिया और क्रोध में भरकर कहा, "तुम क्यों लाने लगे इसके लिए साइकिल, तुम्हें तो धन प्यारा है, धन जोड़ो!"

"जो चार रुपल्ली जोड़े हैं, अगर तुम्हें बुरे लगते हों तो कहो तुम्हारे सामने ल कर फूंक दूं।" गोपाल ने भी चिढ़कर कहा।

"नहीं, तुम महल चुनवाओ! सेठ-साहूकार और बड़े राजा बन जाओ! मैं क्यों कहूं कि तुम फूंक दो!"

"बेकार बक-बक करोगी तो उलटे हाथ का थप्पड़ आएगा।"

गोपाल शायद सचमुच थप्पड़ मार देता, लेकिन सविता ने बिजली की तरह लपककर कमरे में प्रवेश किया और उसका हाथ पकड़कर बोली, "भाई साहब, यों स्त्री पर हाथ उठाना तो ठीक नहीं।"

गोपाल शर्मिंदा हुआ और सिर झुकाकर बोला, "मैं कहां मारता हूं। यह यों ही बात का बतंगड़ बना रही है।"

"बहन, तुम देख ही रही थीं। इसमें मेरा क्या दोष है? बच्चा न माने तो मैं क्या करूं।" पुन्नी ने सफाई दी और फिर बोली, इन्हें सौ बार कहा कि सबकी साइकिलें आई हैं, तुम भी ला दो। रोटी दूसरे भी खाते हैं, हम भी खाते हैं। फिर बच्चे को क्यों तरसाया जाए।"

"अच्छा अब ज़बान बन्द भी करो, कह तो दिया कि मैं साइकिल ला दूंगा। न ला दूं तो बाप का बेटा नहीं।" गोपाल ने क्रोध से कांपते हुए कहा और वह तनिक रुककर बोला, "बल्कि अभी जाता हूं। पहले इसके लिए साइकिल लाऊंगा, फिर दूसरा काम करूंगा।"

यों रमेश की साइकिल भी आ गई। कुल मिलाकर छह-सात साइ-किलें थीं। बच्चे मिलकर खेलते। वे एक साइकिल दूसरे के पीछे लगाकर रेलगाड़ी बनाकर चलाते और खुश होते।

छह-सात महीने बाद जब चलाने का खूब अभ्यास हो गया तो नन्हा प्रताप साइकिल के करतब दिखाने लगा। वह एक बार ज़ोर से पैडल मारकर उछलता और गद्दी पर सीधा खड़ा हो जाता। शरीर को साध-कर और दोनों हाथों से ताली पीटकर मां से कहता, "देखो बीबी, मेरी साइकिल आप ही आप चल रही है!"

आखिर इस साइकिल से उसका जी भर गया और एक दिन मचल-कर उसने मां से कहा, "बीबीजी, अब मैं यह साइकिल नहीं चलाऊंगा, मुझे दो पहियों वाली बड़ी साइकिल ले दो।"

"बेटा जी, तुम और बड़े हो जाओ, मैं तुम्हें दो पहियों वाली साइकिल ज़रूर ले दूंगी।"

"मैं उसपर चढ़कर दूर—बहुत दूर जाऊंगा।" बच्चे ने हाथ फैला-कर अभिनय किया। मां ने उसे सस्नेह गोद में भर लिया और उसका

मुंह चूमकर बोली, "भला बताओ तो सही, दूर तुम कहां जाओगे?"

"मौसी के पास।"

"और?"

"मामा और मामी के पास।"

"और?"

बच्चे ने तनिक सोचा और फिर सिर हिलाकर कहा, "बस और कहीं नहीं।"

"क्यों, बेटा? क्या नानी जी के पास नहीं जाओगे?"

"नहीं!"

"क्यों? वे तो तुम्हें बहुत प्यार करती हैं।"

"नानी जी तो प्यार करती हैं, पर नाना जी जब देखते हैं तो यों मुंह बना लेते हैं।" नन्हे प्रताप ने नाक सिकोड़कर और निचला होंठ ऊपर उठाकर मुंह बनाया और नाना की नकल उतारी। सविता बेटे की इस नई सूझ पर खिलखिलाकर हंसना चाहती थी, लेकिन वह हंसी नहीं। गम्भीर होकर सोचने लगी और उसका मन विषाद से भर गया।

मां अकसर बेटी से मिलने आती, प्रेमप्रताप को गोद में बिठाकर प्यार करती, कई बार उसे अपने साथ भी ले जाती और खिलौने और उपहार देकर फिर छोड़ जाती। मगर बाबू दीनानाथ ने कभी उससे प्यार नहीं किया। प्यार तो प्यार, कभी उसे बुलाया तक नहीं, बल्कि सचमुच दोहते को देखकर उनकी नाक सिकुड़ जाती और निचला होंठ ऊपर उठ जाता।

भाई और भावज से उसके सम्बन्ध बहुत अच्छे थे। वह छुट्टियां बहुधा उनके पास ही गुज़ारती थी। कमलेश उसके पास आती थी और दो-चार बार वह भी उसके पास गई थी। वे दोनों अब सखियां नहीं, सगी बहनें थीं, बन्धुत्व की भावना बहुत गहरी हो गई थी। जब मिलती थीं तो खूब दिल खोलकर सुख-दुःख की बातें करती थीं। कमलेश का पारिवारिक जीवन सुखी नहीं था। ससुर का देहांत हो चुका था। पति को भी अब खुल खेलने की आज़ादी थी। उसका मित्रवर्ग काफी था। उसमें हंस-खेलकर

जीवन बिताया करता था। उसकी एक रखैल भी थी, जिससे वह शायद प्यार भी करता था। कमलेश अब तीन बच्चों की मां थी। उससे पति का व्यावहारिक और व्यावसायिक सम्बन्ध था। घर-गृहस्थी चलाने के लिए जो कुछ करना ज़रूरी था, बस पति उतना ही करता था। एक बार कमलेश ने सविता से कहा था :

"बहन, तुम्हारा घर मेरे लिए तीर्थ-स्थान है। मेरे घर में सब कुछ है, लेकिन वहां मुझे एक अभाव-सा खटकता है, मन आकुल रहता है। जब यहां आती हूं तो शांति मिलती है।"

मां के बहुत कहने-सुनने से वह एक बार अपने मायके भी गई थी मोहल्ले की सब स्त्रियां उससे मिलने आईं। उनसे मिलकर, प्रेम भरी बातें सुनकर और उन गली-कूचों को देखकर जहां उसने बचपन गुज़ारा था और गुड्डियां खेली थीं, वह बहुत प्रसन्न हुई। पिता के प्रति उसके मन में कोई द्वेष नहीं था। जब वे दफ्तर से आए तो सविता ने बड़े आदर और श्रद्धा से नमस्कार किया। लेकिन बाबू दीनानाथ के मुंह से स्नेह और आशीर्वाद का एक शब्द भी नहीं निकला। वे अवाक् खड़े देखते रहे। फिर उनके हाथ और धीरे-धीरे उनका समस्त शरीर कांपने लगा। पत्नी ने उन्हें सहारा देकर आरामकुर्सी पर लिटाया। वे निश्चल लेट गए और लेटे रहे।

सविता फिर कभी उधर नहीं गई और मां को भी कहने का साहस नहीं हुआ। अब जब नन्हे प्रताप ने नाना की नकल उतारी तो उसे यह घटना स्मरण हो आई। सविता के विद्रोह से उन्हें जो आघात पहुंचा था उसे वे भुला नहीं सके थे। बेटी अथवा दोहते को देखते ही उनके हृदय का घाव रिसने लगता था।

सविता के सामने इस समय पिता का जो चित्र था उसमें वह इस घाव को रिसते हुए देख रही थी।

धीरे-धीरे चित्र बदलने लगे—बदलते रहे। पिता का सारा जीवन उसकी आंखों के सामने था। वह अकारण झुंझला उठते थे। सब्ज़ी या दाल में नमक ज़रा अधिक होने पर पत्नी को झिड़क देते थे; 'फूहड़' और

'बेसमझ' कह देते थे। घर में उनकी अफसरी का आतंक छाया रहता था। बलदेव की उनके सामने जाते रूह कांपती थी। सविता को उन्होंने वाकई प्यार किया था, लेकिन जब उसने अपनी इच्छा से ब्याह करना चाहा तो उनके पुराने संस्कार जाग उठे, प्यार ने बर्बरता का रूप धारण कर लिया और वे क्रोध से कांपने लगे। यह क्रोध अंत में उनके शरीर का कोढ़ बन गया।

और फिर यही घटना और रिसता हुआ घाव।

'कोई दूसरा क्या कर सकता है? न वे बदलेंगे और न यह घाव भरेगा। दुर्बलता को त्यागकर ही आदमी स्वस्थ होता है।' वह सोच-सोचकर बड़बड़ाई।

फिर इस बिल्डिंग के चित्र उसके मस्तिष्क में उभरे और उभरते रहे। क्रोध से कांपते हुए गोपाल का वह चित्र, जब वह साइकिल की बात को लेकर पत्नी पर बरस पड़ा था, उसे अपने पिता के चित्र से मिलता-जुलता दिखाई दिया। फिर नये-पुराने बहुत-से चित्र उसके मस्तिष्क में गड़बड़ हो गए थे और इन सब से एक बड़ा चित्र उभरा जो आदमखोर दानव की भांति भयंकर और क्रूर था।

"सविता रानी! इस प्रकार चुप और गम्भीर बैठीं क्या सोच रही हो?" श्यामसुन्दर ने कमरे में प्रवेश किया।

सविता चौंकी।

"मैं सोच रही थी कि क्रोध आदमी की कितनी बड़ी दुर्बलता है।" वह बोली।

"बात तो ठीक है। लेकिन यह बताओ कि तुम्हारे इस समय यह सोचने का क्या कारण है?"

"कारण एक नहीं, अनेक हैं।"

श्यामसुन्दर विस्मय और उत्सुकता में भरा सविता के मुख की ओर निहार रहा था, निहारता रहा।

वह फिर बोली, "क्रोध आदमी को क्रूर बना देता है।"

"क्रूरता भी तो दुर्बलता है।"

दार्शनिक ढंग से बातचीत शुरू हुई और काफी देर तक होती रही। श्यामसुन्दर सिर्फ उसी समय बोलता था जब तथ्य में जाना और बात को आगे बढ़ाना आवश्यक होता था। वरना उसे सविता को बोलते सुनना अधिक पसन्द था। उसके स्वर में पहाड़ की ऊंची-नीची भूमि पर अबाध गति से बहने वाली सरिता की मधुर कल-कल सुनाई देती थी।

समय की गति इतिहास की गति है। ऊपर-ऊपर से देखा जाए तो जीवन वैसे ही चलता रहता है। लेकिन सतह को कुरेदकर भीतर झांकने से मालूम होता है कि उसमें बड़ा भारी परिवर्तन हुआ है। प्रत्येक व्यक्ति के विकास की एक दिशा होती है। उस दिशा में उसका विकास जाने-अनजाने होता रहता है। चार-पांच साल और बीत जाने के बाद भी इस बिल्डिंग का जीवन वैसा ही जान पड़ता है। इसमें वही घुटन, असंतोष और कुंठा है। लेकिन जब इस बीच में घटित घटनाओं की जांच की जाती है तो जीवन की दिशा और विकास का पता चलता है। सब घटनाओं का लेखा-जोखा न तो सम्भव है और न ही आवश्यक है, कुछ घटनाओं का समुचित और संक्षिप्त वर्णन ही काफी होगा।

गोपाल ने एक नई बस्ती में दो सौ बीघे ज़मीन खरीद ली है। वह उठते-बैठते उसका ज़िक्र करता है और बड़े गर्व से कहता है, "अब थोड़ा-सा रुपया और जमा करके मकान बनवा दूंगा। दो कमरे अपने लिए रख लूंगा, बाकी किराये पर चढ़ा दूंगा। अच्छी माकूल आमदनी हो जाएगी और बुढ़ापा चैन से कटेगा।"

नरेश और केदार उसकी बातें चुपचाप सुन लेते हैं और उसकी दूरदर्शिता की दाद देते हैं। लेकिन जब वह चला जाता है तो नरेश नाक चढ़ाकर विद्रूप कटाक्ष करता है, "सौदाई है। इसे मकान के सिवा दूसरी बात ही नहीं सूझती।" और केदार घृणा और द्वेष के स्वर में कहता है, "पेट काटकर और बच्चों को तरसाकर मकान बनवाया तो किया क्या!

इससे बेहतर है कि आदमी मकान न बनवाए, किराये पर ही रहे।"

विष्णु और श्यामसुन्दर को इन बातों से कोई सरोकार नहीं। वे इस कीचड़ में कमल की तरह रहना चाहते हैं। विष्णु इतिहास, दर्शन और साहित्य के अध्ययन में व्यस्त रहता है। श्यामसुन्दर के पास रोज़ी कमाने के अलावा जो समय बचता है उसे वह चित्रकारी में लगाता है। इससे उसका आंतरिक क्षोभ बहुत कम हो गया है। उसने अपने अनुभव से देख लिया है कि मन में कला के निर्माण की सच्ची लगन हो तो समय मिल ही जाता है। इस बीच में उसने काफी चित्र बनाए थे और कुछ कलाकार मित्रों के सहयोग से हाल ही में उनकी एक प्रदर्शनी आयोजित की थी। प्रदर्शनी सफल रही। कई समाचारपत्रों ने उसकी कला पर लेख लिखे और कई चित्र प्रकाशित करके उनकी खूब सराहना की। उसने भारतीय नारी का जो चित्र बनाया था, वह सबको विशेष रूप से पसन्द आया और एक विदेशी कला-प्रेमी ने उसे तीन हजार रुपये में खरीद लिया। इससे आर्थिक लाभ तो जो हुआ सो हुआ, लेकिन सब से बड़ा लाभ यह हुआ कि अपनी रचना-शक्ति में उसका विश्वास दृढ़ हो गया।

भारतीय नारी का यह चित्र उसने बड़ी ही मेहनत से बनाया था। पृष्ठभूमि में उषाकाल की शुभ्र लालिमा फैली हुई थी और उसमें से नवभारत की पहली किरण फूट निकलने के लिए संघर्षशील थी। इस पृष्ठभूमि ने नारी के चित्र को अत्यन्त आकर्षक और प्रभावशाली बना दिया था। चित्र में जो रमणी दिखाई गई थी उसके होंठों पर मृदु मुस्कान और आंखों में नूतन आभा थी। उसके मुख से सुकोमलता और दृढ़ता एकसाथ व्यक्त हो रही थी। रंगों का सम्मिश्रण इतना समतुलित और सुन्दर था कि देखते ही बनता था।

उसने सविता में नारी का जो रूप देखा था उसीको इस चित्र में अंकित करने का प्रयास किया था। यह रूप इतना अद्भुत और अनूठा था कि उसे अंकित करना सहज नहीं था। इस रूप का चिंतन करके उसका अंग-अंग सिहर उठता और वह पहरों अपने-आपमें खोया रहता। सुबह

घूमने जाना उसकी पुरानी आदत थी। मगर अब वह सुबह-सबेरे उठकर सैर को जाता और बड़ी देर तक खुले और विस्तृत मैदान में सूर्योदय से पहले का कुछ दृश्य देखा करता।

धीरे-धीरे उसके मन में इस रूप और दृश्य का परस्पर सामंजस्य होता रहा। वह जानता था कि सविता के जीवन में नूतन प्रकाश की जो आभा है, वह संघर्ष, स्वाधीनता और प्रेम के उन क्षणों से उत्पन्न हुई है जो उसने जयदेव के साथ व्यतीत किए थे। श्यामसुन्दर के अपने जीवन में प्रेम के ऐसे क्षणों का अभाव था और उसकी आत्मा उनके लिए प्रतिक्षण सटपटाती थी। शीला से उसे किसी प्रकार की शिकायत नहीं थी। सामान्य दृष्टि से वह एक आदर्श पत्नी थी और मनोयोग से अपने कर्तव्य का पालन करती थी। कर्तव्य-पालन से इस अभावं की पूर्ति नहीं होती थी। इस अभाव के कारण उसे शीला का जीवन और अपना जीवन अधूरा-अधूरा और सारी गृहस्थी अपूर्ण जान पड़ती। जितना सोचता, अतृप्ति की भावना उतनी ही बढ़ती और अन्तर्द्वन्द्व तीव्र से तीव्रतर हो उठता। सैर से लौटकर जब वह चित्र बनाने बैठता तो उसके रंगों में इस रूप और दृश्य के साथ-साथ इस अन्तर्द्वन्द्व का मिश्रण भी आप ही आप होता रहता। वास्तव में इसीसे यह चित्र चित्र बना था क्योंकि जब तक किसी रचना पर कलाकार की आत्मा की छाप न हो, वह यथार्थ की प्रतिलिपि मात्र होती है, एक सफल और उत्कृष्ट कलाकृति नहीं बन पाती।

विष्णु ने इस चित्र को देखा तो वह फड़क उठा और प्रसन्न होकर बोला, "तुम्हारे इन चित्रों और पहले के चित्रों में एक बड़ा अन्तर है, जो शायद तुम्हें भी मालूम न हो।"

"क्या?" श्यामसुन्दर ने उत्सुकता से पूछा।

"जीवन तुम्हारे चित्रों में पहले भी रहता था, लेकिन वह ठहरा-ठहरा-सा निराश और उदास था। जीवन इन नये चित्रों में भी है, मगर अब उसमें संघर्ष और हरकत है।"

वाकई यह एक ऐसा नुक्ता था जो अब तक कलाकार की अपनी दृष्टि से ओझल था। श्यामसुन्दर ने एक नज़र अपने मित्र पर और

एक नज़र अपने चित्र पर डाली और उसका मन उल्लास और गर्व से भर गया।

जैसे-जैसे दिन बीत रहे थे, स्कूल में और घर में सविता का असर बढ़ रहा था। श्यामसुन्दर ने अपने चित्र में उसका जो रूप अंकित किया था, वह दिन-दिन स्पष्ट होता जा रहा था। घरों के छोटे-बड़े झगड़े उसकी मदद से सहज में निपट जाते थे। झगड़ा कैसा भी हो, वह सदा न्याय का पक्ष धारण करती थी।

एक बार केदार पत्नी से लड़-झगड़कर चला गया और कई दिन तक घर नहीं लौटा। श्यामसुन्दर और विष्णु को उसे बुलाने भेजा गया, मगर वह फिर भी नहीं आया। दुर्गा की चिन्ता और बढ़ी। वह सविता से बोली, "बहन, तुम मेरे साथ चलो तो हम उन्हें मनाकर लाएं। मुझे विश्वास है कि तुम्हारे जाने से वे अवश्य आ जाएंगे। मैं तुम्हारा यह एहसान कभी नहीं भूलूंगी।"

"दुर्गा बहन, तुम जहां भी कहो, मैं जाने को तैयार हूं पर उनके पास मुझे न ले जाओ।" सविता ने उत्तर दिया और तनिक रुककर बोली, "सोचो कि जब तुम्हारा कोई दोष नहीं तो तुम उनके पांव पर अपना सिर रखने क्यों जाओ?"

"यह तो ठीक है, बहन! पर घर में कमाने वाला न हो तो घर कैसे चलेगा?"

"तुम धीरज रखो, वे आप ही आप आ जाएंगे। न आएं तो भी क्या है? जिनके कमाने वाले नहीं रहते वे भी तो दिन काटती हैं।"

दुर्गा की गर्दन झुक गई और आंखों से टप-टप आंसू बह निकले।

सविता को महसूस हुआ कि उसने आवेश में कठोर बात कह दी है। दुर्गा के लिए ऐसी बात सुनना और सहन करना बहुत कठिन है।

"अच्छा तो तुम बैठो, मैं खुद जाकर उन्हें लाती हूं।" उसने दुर्गा को सान्त्वना दी।

केदार अपने एक मित्र के पास रहता था। सहसा सविता को अपने सामने खड़े देखकर एकदम उठ खड़ा हुआ।

"घर चलो।"

उसने एक आंख सविता की ओर देखा और चुपचाप चल पड़ा।

"इसीलिए यह धौंस दिखाते हो कि तुम मर्द कमाकर लाते हो!"

रात का समय था। वे एक तंग और अंधेरी गली में से गुज़र रहे था वातावरण शांत और गंभीर था। केदार का दम घुट रहा था और वह सड़क पर पहुंचने के लिए तेज़-तेज़ कदम उठा रहा था। उस-पर सविता के ये शब्द कोड़े की तरह पड़े और उसे ज़िन्दगी में पहली बार महसूस हुआ कि वह वाकई पत्नी पर अन्याय कर रहा है।

वह घर पहुंचने तक इन शब्दों को वातावरण में प्रतिध्वनित होते सुनता रहा।

दुर्गा दहलीज़ पर खड़ी इन्तज़ार कर रही थी।

"आदमी हो तो क्षमा मांगो और कहो कि मैं फिर कभी ऐसी हरकत नहीं करूंगा।" सविता ने केदार का कंधा पकड़कर उसे हिलाते हुए आदेश दिया।

"भाभी, अब छोड़ो भी। तुम्हारे कहने से आ जो गया।" केदार ने खिन्न-सी हंसी हंसकर कहा।

"मेरे कहने से आए हो तो अब लौट जाओ।"

सविता उसका कंधा छोड़कर एक कदम पीछे हट गई। दुर्गा का हृदय ज़ोर-ज़ोर से धड़कने लगा।

"वरना भूल मानो और क्षमा मांगो।"

"मैं क्षमा मांगता हूं।"

"सच्चे दिल से?"

"हां, सच्चे दिल से।"

केदार ने जब सुबह उठकर विचार किया तो सारी घटना बहुत ही विचित्र मालूम हुई। कैसे वह चुपचाप सविता के साथ चल पड़ा और कैसे घर आकर उसने माफी भी मांग ली? यह सब कैसे हुआ? बहुत सोचने पर भी उसकी समझ में कुछ नहीं आया। अन्त में सारी घटना विष्णु को सुनाकर उसने कहा, "बड़ी ज़बर्दस्त औरत है!"

सविता ने बेटे की दसवीं वर्षगांठ बड़ी धूमधाम से मनाई। मां आई, भाई और भावज आए और जान-पहचान के दूसरे लोग आए लेकिन किसी कारण कमलेश न आ सकी। उसे इस बात का बड़ा खेद था। वह चार दिन बाद आई थी और जो वर्षगांठ का उपहार लाई थी उसमें रेशम का एक सूट भी था। नन्हा प्रताप यह सूट पहनकर राजकुमार-सा लग रहा था। कमलेश ने उसे अपने हाथ से यह सूट पहनाकर माथे पर केसर का तिलक लगाया और शकुन के दो रुपये दिए। फिर उसे गोद में बिठाकर बड़े प्यार और दुलार से पूछा :

"बेटा, ज़रा बताओ तो सही, वर्षगांठ पर तुम्हें क्या कुछ मिला?"

"इतनी चीज़ें!" उसने आवाज़ को खींचकर और हाथ फैलाकर कहा, "सारी आलमारी भर गई!"

"अच्छा, बहुत चीज़ें मिली हैं?"

"हां।" उसने उत्तर दिया और कमलेश का हाथ पकड़कर बोला, "चलो, तुम्हें दिखाऊ।"

कमलेश का बड़ा लड़का विनोद भी साथ आया था। दोनों उपहार की चीज़ें देखने लगे। मिठाई के डिब्बे, बिस्कुट, लुड्डो, ग्लोब, कैरम, रूमाल, कपड़े और पुस्तकें—नाना प्रकार की वस्तुएं थीं, जो प्रताप ने करीने से आलमारी में सजा रखी थीं। वह उन्हें मौसी को दिखा रहा था और साथ ही साथ यह भी बता रहा था कि कौन-सी चीज़ कौन लाया।

"तुम्हारा बेटा शक्ल में तो बाप की तरह भोला-भोला-सा है पर याद सब रखता है।"

"हां बहन, पढ़ने में भी चतुर है।"

"वह तो होगा ही। चतुर मां का बेटा जो ठहरा।"

—कमलेश मुस्कराई, लेकिन सविता लजा गई।

बच्चे उपहारों से खेलने लगे और दोनों सखियां अलग जा बैठीं। जब वे इकट्ठी बैठती थीं तो उन्हें और विशेषकर कमलेश को अतीत की घटनाओं का स्मरण करके विशेष सुख प्राप्त होता था और वह खाहमखाह बातों का सिलसिला उन घटनाओं से जा मिलाती थी।

"बहन, जब मैं प्रताप को बोलते सुनती हूं तो ऐसा लगता है, जैसे जीजाजी बोल रहे हों।"

"हां, इसका स्वर उनके स्वर से बहुत मिलता है।"

"जीजाजी के स्वर में एक प्रकार की विचित्र मिठास थी," कमलेश ने कहा और तनिक सोचकर फिर बोली, "उस दिन जब हम लोग सिनेमा से लौटे, शायद मैंने इसीलिए कहा था कि उनके हृदय में संगीत है।"

कमरे में नितांत मौन था। दोनों सखियों की निगाहें जयदेव के चित्र पर गढ़ी हुई थीं और वे मन ही मन सिनेमा वाली घटना को दोहरा रही थीं। वे देखती रहीं। उनकी मुखमुद्रा प्रतिक्षण शांत और गम्भीर होती गई और कमरे में 'बैजूबावरा' का शब्द आप ही आप मुखरित हो उठा।

"मां, यह देखो, इस पुस्तक में बहादुर लच्छी की वह कहानी है जो तुमने मुझे सुनाई थी।"

विनोद उपहार की चीज़ों में से लोककथाओं की एक पुस्तक उठा लाया था और अब उसीको खोलकर एक चित्र दिखाते हुए बोला, "यह बहादुर लच्छी है, जिसने ठग और उसके साथियों को मार डाला था।"

कमलेश कभी पुस्तक में बने लच्छी के चित्र को देखती थी और कभी सविता को। कुछ देर इसी प्रकार देखती रही और फिर बोली, "देखो बेटा, यह तुम्हारी मौसी भी बड़ी बहादुर है और इसकी भी एक कहानी है।"

विनोद ने उत्सुकता और कौतूहल से मौसी की ओर देखा और उसे सचमुच ही कहानी की नायिका-सी बहुत ही विचित्र और अद्‌भुत जान पड़ी।

"मां, मुझे सुनाओ न मौसी की कहानी," विनोद ने मां के गले में बांहें डालकर आग्रह किया।

कमलेश ने एक क्षण बेटे के मुंह की ओर देखा और फिर उसके हृदय से सखी की कहानी पहाड़ी झरने के सदृश आप ही आप फूट निकली। कहानी कही जा रही थी और दोनों बच्चे सुन रहे थे।